Marie Luise Kaschnitz
Eisbären

Ausgewählte Erzählungen

Insel Verlag

Diese Auflage erscheint innerhalb des *Weißen Programms: Im Jahrhundert der Frau* im Suhrkamp Verlag.
Die Auswahl der Erzählungen unter dem Titel *Eisbären* erschien erstmals 1972 als insel taschenbuch 4.

Erste Auflage dieser Ausgabe 1987

Quellennachweise am Schluß des Bandes
Druck: Nomos Verlagsgesellschaft, Baden-Baden
Printed in Germany

Eisbären

Inhalt

Das dicke Kind

Es war Ende Januar, bald nach den Weihnachtsferien, als das dicke Kind zu mir kam. Ich hatte in diesem Winter angefangen, an die Kinder aus der Nachbarschaft Bücher auszuleihen, die sie an einem bestimmten Wochentag holen und zurückbringen sollten. Natürlich kannte ich die meisten dieser Kinder, aber es kamen auch manchmal Fremde, die nicht in unserer Straße wohnten. Und wenn auch die Mehrzahl von ihnen gerade nur so lange Zeit blieb, wie der Umtausch in Anspruch nahm, so gab es doch einige, die sich hinsetzten und gleich auf der Stelle zu lesen begannen. Dann saß ich an meinem Schreibtisch und arbeitete, und die Kinder saßen an dem kleinen Tisch bei der Bücherwand, und ihre Gegenwart war mir angenehm und störte mich nicht.

Das dicke Kind kam an einem Freitag oder Samstag, jedenfalls nicht an dem zum Ausleihen bestimmten Tag. Ich hatte vor, auszugehen und war im Begriff, einen kleinen Imbiß, den ich mir gerichtet hatte, ins Zimmer zu tragen. Kurz vorher hatte ich einen Besuch gehabt und dieser mußte wohl vergessen haben, die Eingangstüre zu schließen. So kam es, daß das dicke Kind ganz plötzlich vor mir stand, gerade als ich das Tablett auf den Schreibtisch niedergesetzt hatte und mich umwandte, um noch etwas in der Küche zu holen. Es war ein Mädchen von vielleicht zwölf Jahren, das einen altmodischen Lodenmantel und schwarze, gestrickte Gamaschen anhatte und an einem Riemen ein paar Schlittschuhe trug, und es kam mir bekannt, aber doch nicht richtig bekannt vor, und weil es so leise hereingekommen war, hatte es mich erschreckt.

Kenne ich Dich? frage ich überrascht.
Das dicke Kind sagte nichts. Es stand nur da und legte die Hände über seinem runden Bauch zusammen und sah mich mit seinen wasserhellen Augen an.
Möchtest Du ein Buch? fragte ich.
Das dicke Kind gab wieder keine Antwort. Aber darüber wunderte ich mich nicht allzu sehr. Ich war es gewohnt, daß die Kinder schüchtern waren und daß man ihnen helfen mußte. Also zog ich ein paar Bücher heraus und legte sie vor das fremde Mädchen hin. Dann machte ich mich daran, eine der Karten auszufüllen, auf welchen die entliehenen Bücher aufgezeichnet wurden.
Wie heißt Du denn? fragte ich.
Sie nennen mich die Dicke, sagte das Kind.
Soll ich Dich auch so nennen? fragte ich.
Es ist mir egal, sagte das Kind. Es erwiderte mein Lächeln nicht, und ich glaube mich jetzt zu erinnern, daß sein Gesicht sich in diesem Augenblick schmerzlich verzog. Aber ich achtete darauf nicht.
Wann bist Du geboren?, fragte ich weiter.
Im Wassermann, sagte das Kind ruhig.
Diese Antwort belustigte mich und ich trug sie auf der Karte ein, spaßeshalber gewissermaßen, und dann wandte ich mich wieder den Büchern zu.
Möchtest Du etwas Bestimmtes? fragte ich.
Aber dann sah ich, daß das fremde Kind gar nicht die Bücher ins Auge faßte, sondern seine Blicke auf dem Tablett ruhen ließ, auf dem mein Tee und meine belegten Brote standen.
Vielleicht möchtest Du etwas essen, sagte ich schnell.
Das Kind nickte, und in seiner Zustimmung lag etwas wie ein gekränktes Erstaunen darüber, daß ich erst jetzt auf diesen Gedanken kam. Es machte sich daran, die Brote

eins nach dem andern zu verzehren, und es tat das auf eine besondere Weise, über die ich mir erst später Rechenschaft gab. Dann saß es wieder da und ließ seine trägen kalten Blicke im Zimmer herumwandern, und es lag etwas in seinem Wesen, das mich mit Ärger und Abneigung erfüllte. Ja gewiß, ich habe dieses Kind von Anfang an gehaßt. Alles an ihm hat mich abgestoßen, seine trägen Glieder, sein hübsches, fettes Gesicht, seine Art zu sprechen, die zugleich schläfrig und anmaßend war. Und obwohl ich mich entschlossen hatte, ihm zuliebe meinen Spaziergang aufzugeben, behandelte ich es doch keineswegs freundlich, sondern grausam und kalt.

Oder soll man es etwa freundlich nennen, daß ich mich nun an den Schreibtisch setzte und meine Arbeit vornahm und über meine Schulter weg sagte, lies jetzt, obwohl ich doch ganz genau wußte, daß das fremde Kind gar nicht lesen wollte? Und dann saß ich da und wollte schreiben und brachte nichts zustande, weil ich ein sonderbares Gefühl der Peinigung hatte, so, wie wenn man etwas erraten soll und errät es nicht, und ehe man es nicht erraten hat, kann nichts mehr so werden wie es vorher war. Und eine Weile lang hielt ich das aus, aber nicht sehr lange, und dann wandte ich mich um und begann eine Unterhaltung und es fielen mir nur die törichtsten Fragen ein.

Hast Du noch Geschwister, fragte ich.

Ja, sagte das Kind.

Gehst Du gern in die Schule, fragte ich.

Ja, sagte das Kind.

Was magst Du denn am liebsten?

Wie bitte? fragte das Kind.

Welches Fach, sagte ich verzweifelt.

Ich weiß nicht, sagte das Kind.

Vielleicht Deutsch? fragte ich.

Ich weiß nicht, sagte das Kind.
Ich drehte meinen Bleistift zwischen den Fingern, und es wuchs etwas in mir auf, ein Grauen, das mit der Erscheinung des Kindes in gar keinem Verhältnis stand.
Hast Du Freundinnen? fragte ich zitternd.
O ja, sagte das Mädchen.
Eine hast Du doch sicher am liebsten? fragte ich.
Ich weiß nicht, sagte das Kind, und wie es dasaß in seinem haarigen Lodenmantel, glich es einer fetten Raupe, und wie eine Raupe hatte es auch gegessen und wie eine Raupe witterte es jetzt wieder herum.
Jetzt bekommst Du nichts mehr, dachte ich, von einer sonderbaren Rachsucht erfüllt. Aber dann ging ich doch hinaus und holte Brot und Wurst, und das Kind starrte darauf mit seinem dumpfen Gesicht, und dann fing es an zu essen, wie eine Raupe frißt, langsam und stetig, wie aus einem inneren Zwang heraus, und ich betrachtete es feindlich und stumm.
Denn nun war es schon soweit, daß alles an diesem Kind mich aufzuregen und zu ärgern begann. Was für ein albernes, weißes Kleid, was für ein lächerlicher Stehkragen dachte ich, als das Kind nach dem Essen seinen Mantel aufknöpfte. Ich setzte mich wieder an meine Arbeit, aber dann hörte ich das Kind hinter mir schmatzen, und dieses Geräusch glich dem trägen Schmatzen eines schwarzen Weihers irgendwo im Walde, es brachte mir alles wässerig Dumpfe, alles Schwere und Trübe der Menschennatur zum Bewußtsein und verstimmte mich sehr. Was willst Du von mir, dachte ich, geh fort, geh fort. Und ich hatte Lust, das Kind mit meinen Händen aus dem Zimmer zu stoßen, wie man ein lästiges Tier vertreibt. Aber dann stieß ich es nicht aus dem Zimmer, sondern sprach nur wieder mit ihm, und wieder auf dieselbe grausame Art.

Gehst Du jetzt aufs Eis? fragte ich.
Ja, sagte das dicke Kind.
Kannst Du gut Schlittschuhlaufen? fragte ich und deutete auf die Schlittschuhe, die das Kind noch immer am Arm hängen hatte.
Meine Schwester kann gut, sagte das Kind, und wieder erschien auf seinem Gesicht ein Ausdruck von Schmerz und Trauer und wieder beachtete ich ihn nicht.
Wie sieht Deine Schwester aus? fragte ich. Gleicht sie Dir?
Ach nein, sagte das dicke Kind. Meine Schwester ist ganz dünn und hat schwarzes, lockiges Haar. Im Sommer, wenn wir auf dem Land sind, steht sie nachts auf, wenn ein Gewitter kommt und sitzt oben auf der obersten Galerie auf dem Geländer und singt.
Und Du? fragte ich.
Ich bleibe im Bett, sagte das Kind. Ich habe Angst.
Deine Schwester hat keine Angst, nicht wahr? sagte ich.
Nein, sagte das Kind. Sie hat niemals Angst. Sie springt auch vom obersten Sprungbrett. Sie macht einen Kopfsprung, und dann schwimmt sie weit hinaus....
Was singt Deine Schwester denn? fragte ich neugierig.
Sie singt, was sie will, sagte das dicke Kind traurig. Sie macht Gedichte.
Und Du? fragte ich.
Ich tue nichts, sagte das Kind. Und dann stand es auf und sagte, ich muß jetzt gehen. Ich streckte meine Hand aus, und es legte seine dicken Finger hinein, und ich weiß nicht genau, was ich dabei empfand, etwas wie eine Aufforderung, ihm zu folgen, einen unhörbaren dringlichen Ruf. Komm einmal wieder, sagte ich, aber es war mir nicht ernst damit, und das Kind sagte nichts und sah mich mit seinen kühlen Augen an. Und dann war es fort, und ich hätte eigentlich Erleichterung spüren müssen. Aber kaum, daß ich

die Wohnungstür ins Schloß fallen hörte, lief ich auch schon auf den Korridor hinaus und zog meinen Mantel an. Ich rannte ganz schnell die Treppe hinunter und erreichte die Straße in dem Augenblick, in dem das Kind um die nächste Ecke verschwand.

Ich muß doch sehen, wie diese Raupe Schlittschuh läuft, dachte ich. Ich muß doch sehen, wie sich dieser Fettkloß auf dem Eise bewegt. Und ich beschleunigte meine Schritte, um das Kind nicht aus den Augen zu verlieren. Es war am frühen Nachmittag gewesen, als das dicke Kind zu mir ins Zimmer trat, und jetzt brach die Dämmerung herein. Obwohl ich in dieser Stadt einige Jahre meiner Kindheit verbracht hatte, kannte ich mich doch nicht mehr gut aus, und während ich mich bemühte, dem Kinde zu folgen, wußte ich bald nicht mehr, welchen Weg wir gingen, und die Straßen und Plätze, die vor mir auftauchten, waren mir völlig fremd. Ich bemerkte auch plötzlich eine Veränderung in der Luft. Es war sehr kalt gewesen, aber nun war ohne Zweifel Tauwetter eingetreten und mit so großer Gewalt, daß der Schnee schon von den Dächern tropfte und am Himmel große Föhnwolken ihres Weges zogen. Wir kamen vor die Stadt hinaus, dorthin, wo die Häuser von großen Gärten umgeben sind, und dann waren gar keine Häuser mehr da, und dann verschwand plötzlich das Kind und tauchte eine Böschung hinab. Und wenn ich erwartet hatte, nun einen Eislaufplatz vor mir zu sehen, helle Buden und Bogenlampen und eine glitzernde Fläche voll Geschrei und Musik, so bot sich mir jetzt ein ganz anderer Anblick. Denn dort unten lag der See, von dem ich geglaubt hatte, daß seine Ufer mittlerweile alle bebaut worden wären: er lag ganz einsam da, von schwarzen Wäldern umgeben und sah genau wie in meiner Kindheit aus. Dieses unerwartete Bild erregte mich so sehr, daß ich das fremde Kind beinahe aus den Augen verlor. Aber dann sah ich es wieder, es hockte am Ufer und versuchte, ein Bein über das andere zu legen und mit der einen Hand den Schlittschuh am Fuß festzuhalten, während es mit der andern den Schlüssel herumdrehte. Der Schlüssel fiel ein paar Mal herunter, und dann ließ sich das dicke Kind auf alle Viere fallen und rutschte auf dem Eis herum, und suchte und sah wie eine seltsame Kröte aus. Überdem wurde es immer dunkler, der Dampfersteg, der nur ein paar Meter von dem Kind entfernt in den See vorstieß, stand tiefschwarz über der weiten Fläche, die silbrig glänzte, aber nicht überall gleich, sondern ein wenig dunkler hier und dort, und in diesen trüben Flecken kündigte sich das Tauwetter an. Mach doch schnell, rief ich ungeduldig, und die Dicke beeilte sich nun wirklich, aber nicht auf mein Drängen hin, sondern weil draußen vor dem Ende des langen Dampfersteges jemand winkte und »Komm Dicke« schrie, jemand, der dort seine Kreise zog, eine leichte, helle Gestalt. Es fiel mir ein, daß dies die Schwester sein müsse, die Tänzerin, die Gewittersängerin, das Kind nach meinem Herzen, und ich war gleich überzeugt, daß nichts anderes mich hierhergelockt hatte als der Wunsch, dieses anmutige Wesen zu sehen. Zugleich aber wurde ich mir auch der Gefahr bewußt, in der die Kinder schwebten. Denn nun begann mit einem Mal dieses seltsame Stöhnen, diese tiefen Seufzer, die der See auszustoßen scheint, ehe die Eisdecke bricht. Diese Seufzer liefen in der Tiefe hin wie eine schaurige Klage, und ich hörte sie und die Kinder hörten sie nicht.

Nein gewiß, sie hörten sie nicht. Denn sonst hätte sich die Dicke, dieses ängstliche Geschöpf, nicht auf den Weg gemacht, sie wäre nicht mit ihren kratzigen unbeholfenen Stößen immer weiter hinausgestrebt, und die Schwester draußen hätte nicht gewinkt und gelacht und sich wie eine Ballerina auf der Spitze ihres Schlittschuhs gedreht, um dann wieder ihre schönen Achter zu ziehen, und die Dicke hätte die schwarzen Stellen vermieden, vor denen sie jetzt zurückschreckte, um sie dann doch zu überqueren, und die Schwester hätte sich nicht plötzlich hoch aufgerichtet und wäre nicht davon geglitten, fort, fort, einer der kleinen einsamen Buchten zu.

Ich konnte das alles genau sehen, weil ich mich daran gemacht hatte, auf dem Dampfersteg hinauszuwandern, immer weiter, Schritt für Schritt. Trotzdem die Bohlen vereist waren, kam ich doch schneller vorwärts, als das dicke Kind dort unten, und wenn ich mich umwandte, konnte ich sein Gesicht sehen, das einen dumpfen und zugleich sehnsüchtigen Ausdruck hatte. Ich konnte auch die Risse sehen, die jetzt überall aufbrachen und aus denen wie Schaum vor die Lippen des Rasenden, ein wenig schäumendes Wasser trat. Und dann sah ich natürlich auch, wie unter dem dicken Kinde das Eis zerbrach. Denn das geschah an der Stelle, an der die Schwester vordem getanzt hatte und nur wenige Armlängen vor dem Ende des Stegs. Ich muß gleich sagen, daß dieses Einbrechen kein lebensgefährliches war. Der See gefriert in ein paar Schichten, und die zweite lag nur einen Meter unter der ersten und war noch ganz fest. Alles, was geschah, war, daß die Dicke einen Meter tief im Wasser stand, im eisigen Wasser freilich und umgeben von bröckelnden Schollen, aber wenn sie nur ein paar Schritte durch das Wasser watete, konnte sie den Steg erreichen und sich dort hinaufziehen, und ich konnte ihr dabei behilflich sein. Aber ich dachte trotzdem gleich, sie wird es nicht schaffen, und es sah auch so aus, als ob sie es nicht schaffen würde, wie sie da stand, zu Tode erschrocken und nur ein paar unbeholfene Bewegungen machte, und das Wasser strömte um sie herum und das Eis unter ihren Händen zerbrach. Der Wassermann, dachte ich, jetzt zieht er sie hinunter, und ich spürte gar nichts dabei, nicht das geringste Erbarmen und rührte mich nicht. Aber nun hob die Dicke plötzlich den Kopf, und weil es jetzt vollends Nacht geworden und der Mond hinter den Wolken erschienen war, konnte ich deutlich sehen, daß etwas in ihrem Gesicht sich verändert hatte. Es waren dieselben Züge und doch nicht dieselben, aufgerissen waren sie von Willen und Leidenschaft, als ob sie nun, im Angesicht des Todes, alles Leben tränken, alles glühende Leben der Welt. Ja, das glaubte ich wohl, daß der Tod nahe und dies das letzte sei, und beugte mich über das Geländer und blickte in das weiße Antlitz unter mir, und wie ein Spiegelbild sah es mir entgegen aus der schwarzen Flut. Da aber hatte das dicke Kind den Pfahl erreicht. Es streckte die Hände aus und begann sich heraufzuziehen, ganz geschickt hielt es sich an den Nägeln und Haken, die aus dem Holze ragten. Sein Körper war zu schwer, und seine Finger bluteten, und es fiel wieder zurück, aber nur, um wieder von neuem zu beginnen. Und das war ein langer Kampf, ein schreckliches Ringen um Befreiung und Verwandlung, wie das Aufbrechen einer Schale oder eines Gespinstes, dem ich da zusah, und jetzt hätte ich dem Kinde wohl helfen mögen, aber ich wußte, ich brauchte ihm nicht mehr zu helfen – ich hatte es erkannt...

An meinen Heimweg an diesem Abend erinnere ich mich nicht. Ich weiß nur, daß ich auf unserer Treppe einer Nachbarin erzählte, daß es noch jetzt ein Stück Seeufer gäbe mit Wiesen und schwarzen Wäldern, aber sie erwiderte mir, nein, das gäbe es nicht. Und daß ich dann die Papiere auf meinem Schreibtisch durcheinandergewühlt fand und irgendwo dazwischen ein altes Bildchen, das mich selbst darstellte, in einem weißen Wollkleid mit Stehkragen, mit hellen wäßrigen Augen und sehr dick.

Adam und Eva

Als Adam und Eva gezwungen wurden, das Paradies zu verlassen, ging es ihnen gewiß lange Zeit ziemlich schlecht. Wie man hört, waren die Tiere draußen unfreundlich, der Boden steinig und das Klima rauh. Adam und Eva hatten nichts gelernt als faulenzen und die Arbeit fiel ihnen schwer. Kaum daß sie, wie man zu sagen pflegt, auf einen grünen Zweig gekommen waren, geschah das Unglück mit den beiden ältesten Söhnen, die sie schlecht erzogen hatten, so daß der selbstgefällige Abel nun unter dem Rasen lag, während der gewalttätige Kain irgendwo herumirrte und die Eltern sehen konnten wie sie zurechtkamen ohne den Gärtner Abel und den Jäger Kain. Aber dann wuchsen ihnen neue Kinder heran und immer wieder neue, wenigstens stelle ich mir das so vor, und auch daß Adam und Eva ziemlich alt wurden, ehe sie zu altern begannen. Um diese Zeit hatten sie gewiß längst ein Haus und Eva ging nicht mehr in Schürzchen aus Palmblättern umher. Obwohl beide an den Garten Eden nur noch eine schwache Erinnerung hatten, ahmten sie doch nach, was sie einmal dort gesehen hatten, indem sie einen Brunnen gruben, der dem Wasser des Lebens glich, einen Garten pflanzten und einige Tiere zähmten, die sich auf dem umfriedeten Grundstück friedlich, wie die Tiere des Paradieses, benahmen. Dies alles war ganz unvollkommen, aber es machte Freude, daran zu arbeiten und abends umherzugehen und darüber nachzudenken, was sich noch tun ließ. Es machte soviel Freude, daß sie mit der Zeit ganz zufrieden wurden und Adam sich manchmal selbst ein bißchen so fühlte, als sei er der liebe Gott.

Es war darum eine große Erschütterung für ihn, als er eines Tages erfuhr, daß er sterben müßte. Nicht, daß er darüber eine bestimmte Nachricht erhalten hätte. Er sah nur eines Abends ein Tier seiner Herde tot umfallen, und da er sich selbst diesem großen starken Leittier oft verglichen hatte, kam ihm mit einemmal der Gedanke, daß er in dieser Beziehung nicht mehr und nichts Besseres sei als ein Tier. Als er zu dieser Erkenntnis gekommen war, wurde er sich verschiedener Mängel bewußt, die er vorher nicht gekannt hatte, einer Schwäche der Augen, einer Unsicherheit der Hände, einer Trübung des Gehörs. Das ist der Tod, dachte er entsetzt, als an diesem Abend ein zerbrechlicher Gegenstand seiner Hand entglitt. Was hast Du denn, fragte Eva, weil er wie versteinert dastand, während sie die Scherben zusammenlas.

Diese Frage, was hast Du denn, stellte Eva noch einige Male in der folgenden Zeit. Denn Adam begann sich in der Tat wunderlich zu benehmen. Es fing damit an, daß er nicht mehr schlief in der Nacht. Er wälzte sich bald auf die eine, bald auf die andere Seite oder lag auch still auf dem Rücken und starrte zur Decke hinauf. Er konnte nicht schlafen, weil er zu viel denken mußte, aber die Gedanken, die ihn wachhielten, waren keineswegs erhabene, an den Tod oder an Gott, vielmehr drehten sie sich mit gräßlicher Beharrlichkeit um kleine häusliche Mißstände, einen Fehler in der Bewässerungsanlage, eine schadhafte Stelle im Dach. Wenn die Nacht vorüber war und alle im Hause sich wieder an ihre Arbeit begaben, überfiel ihn dann eine schreckliche Müdigkeit, und es kam vor, daß er sich gleich nach dem Frühstück wieder hinlegen mußte und eine ganze Weile liegen blieb. Das war ihm selbst verwunderlich, aber noch viel erstaunlicher war die Empfindlichkeit, die er gegenüber den verschiedensten Geräuschen an den

Tag zu legen begann. Das Bellen der Hunde machte ihn rasend, noch mehr das Kreischen der Papageien und das alberne Geschrei der Affen, die in den Bäumen hinter dem Hause spielten und von denen er sich bald einbildete, daß sie ihn verfolgten und nur zu seinem Ärger ihren törichten Lärm vollführten. Die Kinder, und zwar noch mehr die halberwachsenen als die kleinen, erregten seinen Unmut auf Schritt und Tritt. Es fiel ihm plötzlich auf, daß sie gewisse idiotische Redewendungen ständig wiederholten und daß sie, ohne die geringste Rücksicht auf ihn zu nehmen, mit schallender Stimme ihre aufreizend stupiden Lieder sangen.

Schließlich bin ich der Vater, dachte er, und ein Mann, der einiges geleistet hat und dem es lange Zeit schlecht gegangen ist, ein Mann, der Anspruch darauf erheben kann, daß man ihn respektiert. Solche Gedanken waren neu, und neu war auch der Wunsch, der ihn jetzt von Zeit zu Zeit überkam, der Wunsch nämlich, sich zu entfernen aus einer Umgebung, in der man ihn so wenig achtete und seinen Worten so wenig Aufmerksamkeit zollte. Er ging ein paar Mal fort in der Nacht, bald in dieser, bald in jener Richtung, und schließlich ertappte er sich dabei, daß er bei diesen Spaziergängen etwas ganz Bestimmtes suchte: nämlich die Mauer des Gartens Eden, auf die er im Anfang, also vor vielen Jahrzehnten, herumwandernd, noch manchmal gestoßen war, und auf der im roten Abendhimmel die Engelwachen gestanden hatten, sehr schön, mit ihren Wolkenflügeln aus schimmerndem Grau. Aber diese Mauer war nicht mehr da, und er hörte auch bald auf, sie zu suchen. Statt allein fortzugehen, machte er immer öfter die Runde durch sein Anwesen, betrachtete alles, was er gemacht hatte und fand es schlecht genug. Er beobachtete auch seine Kinder und fand sie faul und leichtsinnig, unfähig, das Werk weiterzuführen, das er begonnen hatte, und das zu vollenden ihm nicht Zeit genug blieb. Und dann versuchte er über dies alles mit Eva zu sprechen, aber Eva lachte nur, und er war von ihrer Gleichgültigkeit aufs tiefste gekränkt.

In der folgenden Zeit fand er immer mehr Ursache, mit seiner Frau unzufrieden zu sein. Denn wenn Eva auch im Anfang seiner Verdüsterung recht lieb und freundlich gewesen war und sich bemüht hatte, ihm ein wenig Ruhe zu verschaffen, so schien sie doch von Tag zu Tag weniger um ihn besorgt zu sein. Ihre Laune war ausgezeichnet, ihr Appetit vorzüglich, und obwohl sie nicht jünger war als Adam selbst, schlief sie, ohne auch nur ein einziges Mal aufzuwachen, die ganze Nacht. Wenn er sich über den Lärm beschwerte, machte sie ein erstauntes Gesicht, wenn er über das Wetter klagte, sagte sie, es wird schon wieder besser werden, und mit dieser Redewendung, die ihm leichtfertig und frech erschien, schob sie seine Leiden und Ängste, das einzige, das er noch hatte, in das Reich lächerlicher Grillen, denen niemand Aufmerksamkeit schuldig ist. Es fehlte nicht viel, daß sie gesagt hätte, ach sei doch still, wenigstens meinte Adam dies herauszuhören und auch einen kleinen Ärger über seine Mutlosigkeit, und dieses Unverständnis kränkte ihn tief. Natürlich konnte er trotzdem nicht schweigen, da ja das Sagenmüssen wie Rauch zum Feuer zu diesem inneren Brande gehört. Also sprach er weiter, sprach mit einer Stimme, die ihm selbst verhaßt war, weil sie so nörglerisch und griesgrämig klang. Er beklagte sich über die Sonne und den Regen, über das Unkraut und die Schädlinge und die Kinder, und Eva sagte in der ersten Zeit noch ein paar Mal, das ist doch nicht so arg, und dann sagte sie gar nichts mehr, und er hatte den Verdacht, sie höre ihm überhaupt nicht mehr zu.

Das ist gewiß schlimm für einen Mann, der eingesehen hat, daß sein Leben nicht ewig währt und der angesichts dieser Tatsache an dem Wert alles Geleisteten zu zweifeln beginnt. Es war schlimm für Adam, der jetzt umherging und alles, was er gemacht hatte, gering achtete und der aus seinen früheren Leiden einen glühenden Anspruch sog. Aber es erwies sich, daß dies noch längst nicht das Ärgste war. Denn das Ärgste ist nicht die Gleichgültigkeit, sondern der Verrat.

Man muß bedenken, daß Adam, der so vieles kannte, so etwas in seinem Leben nie erfahren hatte. Er war der einzige Mann, der für Eva in Frage kam, da es neben ihm nur Söhne und Enkel gab. Zwar war er früher, wenn Eva allein fortging und lange ausblieb, manchmal ein wenig unruhig geworden. Aber Eva war, wenn sie zurückkam, immer besonders strahlend und liebevoll gewesen, immer hatte sie etwas Besonderes mitgebracht, ja es schien ihm jetzt, als habe er in seinem ganzen Leben nichts als Liebe und Freundlichkeit von ihr erfahren. Aber in dem Augenblick, in dem er sich seines Glückes bewußt wurde, war es mit diesem Glück auch schon vorbei. Denn wenn er bisher niemals in Evas Augen einen verräterischen Glanz gesehen hatte, wenn Eva sich niemals von ihm abgewendet hatte, um ihr Ohr einer andern Stimme zu leihen: Jetzt erfuhr er dies alles, alle Qualen der Eifersucht, nur daß kein Liebhaber, sondern ein Phantom sein Nebenbuhler war, kein Mann, mit dem er hätte kämpfen können, sondern das Traumbild der Jugend und des Lebens schlechthin.

Denn er sah es wohl, der Jugend und dem Leben neigte sich Eva zu. Mit einemmal gewahrte er sie auf der Seite der Kinder, ach, nicht mit Worten, aber mit mancher geheimen Zärtlichkeit, manchem vertraulich wiedergutmachenden Blick. Als Adam den ersten dieser Blicke auffing, zuckte er zusammen wie unter einem Schlag. Von da an wurde er mißtrauisch, horchte und schlich im Hause umher. Einmal, als er sich Eva gegenüber über die stechende Sonne beklagte, bemerkte er, wie sie ihr Gesicht und ihre Arme dieser Sonne entgegenhob, als sei gerade das, was ihn quälte, ihr eine Quelle der Lust. Durch solche Beobachtungen wuchs das Gefühl der Verlassenheit in ihm immer mehr. Er erinnerte sich der Zeiten, in denen Eva und er noch allein gewesen waren, und wie sie da, furchtbar allein und aufeinander angewiesen, sich geschworen hatten, einander niemals zu verlassen. Jetzt war Eva noch immer an seiner Seite, sie war nicht fortgegangen, aber es kam ihm vor, als entferne sie sich dennoch, ein wenig weiter mit jedem Tag.

In seinem schrecklichen Mißtrauen zeichnete Adam jede Station dieser Entfernung getreulich auf. Er glaubte zu bemerken, wie bei seinen Worten eine leise Ungeduld über Evas Züge glitt. Wenn er ein längeres Ausbleiben ankündigte, meinte er, auf ihren Lippen ein Lächeln der Erleichterung zu sehen, und wenn er dann fortging, bildete er sich ein, daß ihre Stimme, die er aus der Ferne noch hörte, froher und heiterer klang. Einmal, als sie bei der Abendmahlzeit saßen, faßte er sie ins Auge und stellte fest, daß ihre Haut schlaff wurde und ihre Haare sich zu verfärben begannen. Er bemerkte auch, daß sie Schmerzen in den Gliedern hatte und sich nicht mehr so frei und anmutig bewegte wie vorher. Sie ist nicht jünger als ich, dachte er, aber sie tut, als habe sie unbegrenzte Zeit vor sich, ewige Zeit. Und dann dachte er plötzlich, sie weiß nichts, sie weiß *es* nicht, und er war über ihre Dummheit empört. Nach dem Essen ging Eva noch auf den Hof hinaus, um das Spielzeug der kleinen Kinder zusammenzusuchen. Adam ging ihr nach und blieb bei ihr stehen und sah sie flehend an. Werde mit mir alt, wollte er sagen, werde mit mir alt. Aber natürlich brachte er diese Worte nicht über die Lippen, sondern begann sich statt dessen über die Mücken zu beklagen, in einem wilden und verzweifelten Ton. Was Du nur immer hast, sagte Eva, und sah ihn kopfschüttelnd an.

In dieser Nacht beschloß Adam, Eva zu sagen, daß sie sterben müsse. Vielleicht hätte er es nicht getan, wenn nicht der Mondschein so hell im Zimmer und gerade auf Evas Gesicht gelegen hätte und wenn dieses Gesicht nicht so voll von Lebensentzücken gelächelt hätte im Schlaf. Aber dieser Anblick rief in Adam, der schon viele Stunden schlaflos gewesen war, eine dunkle Rachsucht hervor. Er weckte Eva auf, und Eva rieb sich die Augen und fragte, ob etwas mit den Kindern sei. Wir müssen sterben, sagte Adam, und es war ihm zumute, als beginge er einen Mord. Große Neuigkeit, sagte Eva spöttisch. Das weiß ich schon lang. Hast Du Dir keine Gedanken gemacht, fragte Adam, sobald er sich von seiner Überraschung erholt hatte. Was wir hier zurücklassen, ist unfertig und keinen Pfifferling wert.

Jemand wird es schon fertig machen, sagte Eva.

Die Kinder, sagte Adam streng, sind träge und leichtsinnig. Sie wissen nicht, was arbeiten heißt, und werden elend zugrunde gehen.

Es wird schon noch etwas aus ihnen werden, sagte Eva.

Und was wird aus uns, fragte Adam und stützte seinen Kopf auf die Hand.

Wir bleiben zusammen, sagte Eva. Wir gehen zurück in den Garten. Und sie legte ihre Arme um Adams Hals und sah ihn liebevoll an.

Ist er denn noch da? fragte Adam erstaunt.

Gewiß, sagte Eva.

Wie willst Du das wissen, fragte Adam mürrisch.
Woher meinst Du, fragte Eva, daß ich die Reben hatte, die ich Dir gebracht habe, und woher meinst Du, daß ich die Zwiebel der Feuerlilie hatte, und woher meinst Du, hatte ich den schönen, funkelnden Stein?
Woher hattest Du das alles? fragte Adam.
Die Engel, sagte Eva, haben es mir über die Mauer geworfen. Wenn wir kommen, rufe ich die Engel, und dann öffnen sie mir das Tor.
Adam schüttelte langsam den Kopf, weil eine ferne und dunkle Erinnerung ihn überkam. Gerade Dir, sagte er. Aber dann fing er an zu lachen, laut und herzlich, zum ersten Mal seit ach wie langer Zeit.

Märzwind

Mit dieser Hinrichtung soll ein Exempel statuiert werden. Darum sind alle polnischen Gefangenen der Umgegend auf den Richtplatz kommandiert. Vom frühen Morgen an sind sie im Anmarsch, kleine Trupps, die von ihren Wachmännern begleitet werden. Sie sehen schon von weitem, daß der Hügel über dem Dorf mit Militär besetzt ist und daß große schwarze Autos mit Standarten aufgefahren sind. Also glauben sie nichts anderes, als daß dort eine Massenerschießung vorbereitet wird, der sie alle zum Opfer fallen werden. Aber dann werden nur zwei von diesen Leuten bestimmt, einen Landsmann vom Leben zum Tode zu bringen. Die andern sollen nachher, wenn alles vorüber ist, an dem Toten vorbeigehen, einer nach dem andern, den Blick erhoben. Inzwischen stehen sie in einem großen Halbkreis zwischen den noch unbelaubten Bäumen des Waldrands, frieren und wenden einander flüsternd die bleichen Gesichter zu.

Weil ein Exempel statuiert werden soll, können der Zuschauer nicht genug sein. Man hat darum die Beteiligung des Dorfes verlangt, zumal die der halbwüchsigen Jugend, der auf solche Weise die Heiligkeit der Rassengesetze vor Augen geführt werden soll. Aber die Bauern sind mit dieser Maßnahme nicht einverstanden. Sie haben ihre Kinder ins Holz geschickt, zu Bett gelegt oder in den Kuhstall eingeschlossen. Es ist kein einziges Kind auf der Höhe am Wald. Von Erwachsenen sind nur die da, welche eine direkte Aufforderung erhalten haben: der Bürgermeister, der Ratsschreiber, der Gendarm. Die Bauersfrau, welche die Anzeige erstattet hat, der Bergarbeiter Gruber, gebürtig aus Bochum und hier zugewandert im vergangenen Jahr, und seine Frau, Martha, geborene Pzycholl, aus Ostpreußen, welche die Geliebte des Verurteilten war. Diese Personen stehen in einem Grüppchen zusammen. Sie wünschen sich meilenweit fort, aber sie sind von dem höflichen Polizeileutnant dorthin gestellt worden und wagen nicht, sich zu rühren. Sie stehen auf der Straße, gerade dort, wo diese sich in den Wald verliert. Zwischen ihnen und der Stelle, wo man den Galgen aufgerichtet hat, befinden sich einige dicke Baumstämme, außerdem ist es etwas dunstig, so daß sie später nicht genau alle Einzelheiten des Vorgangs verfolgen können. Und darüber sind sie alle sehr froh. Martha Gruber, welche die Geliebte des Polen war, knöpft sich ihre schwarzen Stoffhandschuhe auf und wieder zu. Sie hat ihr dunkelblaues Jackenkleid an, Konfektion, vor dem Kriege gekauft, aber noch gut erhalten, und einen kleinen Hut, der altmodisch ist, der aber von den Kirchgangshüten der Bäuerinnen absticht wie ein Modell aus Paris. Ihr Gesicht ist naß von Tränen, aber diese Tränen haben mit ihrem augenblicklichen Seelenzustand nicht viel zu tun. Sie weint aus Schicklichkeit, nicht aus Verzweiflung. Vor einigen Minuten hat sie den Polen Stanislaus ganz aus der Nähe gesehen, zum ersten Mal seit vielen Monaten, seit dem Tage, an dem sie zusammen in den Weinberg gegangen sind. Der Stanislaus von damals war jung, stark und schön. Der von heute ist abgezehrt, finster und bleich und tut, als habe er sie nie gesehen. Er ist ein Fremder, und um einen Fremden verzweifelt man nicht. Martha Gruber ist vierzig Jahre alt, stattlich und gesund. Vor einem Jahr ist sie mit ihrem Mann in das Dorf gekommen, damals, als man anfing, den großen Stollen in den Weinberg zu treiben und das kümmerliche Eisenerz auszubeuten, das die rötliche Erde enthält. Seit ihrer Heirat hat Martha Gruber immer in der Stadt gelebt, und dieses Tal hat sie vom ersten Tage an gehaßt. Sie fürchtet die Berge, die über dem Dorfe aufsteigen wie eine Welle, die sich überschlagen will und alles Leben unter sich zu begraben droht. Sie haßt die düster glühenden Abendhimmel und den Westwind, der beständig klagend das Tal durchzieht. Sie schilt auf die lehmigen, grundlosen Wege und die elende Dorfstraße, an der es kein Kino und keine Kaffeehäuser gibt. Sie verachtet die Menschen, die hier wohnen und die in ihren Augen so reich und so freudlos, so hinterhältig und verschlagen sind.

Martha Gruber wirft einen Blick auf die Nachbarin, die Angeberin, das feige Luder, das Aas. So kümmerlich steht sie da mit ihrem Blähhals, ihrem vorgestreckten Leib, über dem die Finger den Rosenkranz klappernd bewegen. Vor einigen Wochen noch hätte Frau Gruber die Nachbarin erwürgen mögen vor Zorn. Aber jetzt genügt es ihr festzustellen, daß ihre Feindin vor Angst zittert, daß ihre Nase rot ist und daß sie in Bälde all ihre Zähne verlieren wird.

Unter den Soldaten entsteht eine Bewegung. Es wird etwas herbeigetragen, ein Brett, eine Leiter oder dergleichen.

Frau Gruber schrickt jetzt doch zusammen. Sie kann den Stanislaus nicht mehr sehen, sie will ihn auch nicht mehr sehen, es ist ein Glück, daß sie kurzsichtig ist und eigentlich nichts wahrnimmt als die Uniformen der Soldaten und die Uniformen der Gefangenen, die feuchten Buchenstämme und den hellen Märzhimmel über dem Wald.

Auch sie wird für den Stanislaus beten, aber nicht jetzt, nicht hier. Sie wird ihn vor sich sehen, wie sie ihm zum ersten Mal begegnet ist, die Sense auf der Schulter, Sonne und Schweiß auf dem schönen, jungen Gesicht. Er wird ihr am Küchentisch gegenüber sitzen, so nah, daß sich ihre Knie berühren und wird sie mit den Blicken verschlingen,

während das Radio seine Siegesnachrichten und seine zakkigen Märsche ertönen läßt.
Die Frau stößt einen kleinen, hastigen Seufzer aus. Ihr Mann steht neben ihr, groß, ein Riese fast an Gestalt, aber mit krummem Rücken, hängenden Armen und einem ängstlichen hungrigen Blick. Er ist nicht kurzsichtig, er sieht sehr wohl, daß alles vorbereitet ist, der Strick durch den Haken gezogen, die Leiter an einen Baum gelehnt. Er starrt dorthin, aber er spürt die Nähe seiner Frau, und etwas in ihm zieht sich zusammen wie ein verletzliches Tier. Er ist alt und schäbig, und seine Frau ist gut erhalten, lebfrisch und voll von Kraft. Trotzdem kann er sie nicht mehr ertragen, schon seit geraumer Zeit. Er geht seine eigenen Wege und weiß, daß es dunkle und gefährliche Wege sind. Sie warten auf etwas, sagt der Bergarbeiter, nur um das Schweigen zu brechen, in dem man so friert und sich so elend fühlt. Niemand antwortet, aber von weither, aus der Tiefe des Waldes, erhebt sich ein dumpfes Summen, das Geräusch eines starken Wagens, der rasch näherkommt. Gleich geschieht es, denkt die Nachbarin und ihre Lippen bewegen sich so heftig, daß sie ständig schmatzende Töne von sich geben. Heilige Maria, Mutter Gottes, bitt' für uns. Die Bergarbeitersfrau steht jetzt gerade vor ihr, und die Nachbarin sieht ihre krausen Haare unter dem kleinen schiefen Hut. Sie ist schuld, denkt die Nachbarin. Sie hat ihr Vergnügen haben müssen, wie ein Mädchen, wie eine junge Frau. Sie ist in die Stadt gefahren und hat sich Dauerwellen machen lassen. Sie hat am hellen lichten Tage vor ihrem Haus gesessen, die Hände im Schoß. Die Du gebenedeiet bist unter den Weibern ... Die Nachbarin ist so mit ihren Gedanken beschäftigt, daß ihr Mund alleine redet, und diese Worte kommen plötzlich ganz laut und deutlich aus ihrem Mund.

Der Bürgermeister fährt zusammen und sieht sich schnell nach allen Seiten um. Sei doch still, sagt er ärgerlich. Er sagt der Nachbarin Du, alle im Dorf sagen einander Du, alle sind auf irgendeine Weise verwandt. Es ist unnötig, daß hier laut gebetet wird, und gerade dort, wo er steht. Er ist vor einem Jahr aus der Kirche ausgetreten, obwohl er im Grunde weder die Kraft noch die Selbständigkeit besitzt, um ein Freidenker zu sein. Aber er hat sich die Denkweise und die Ausdrucksweise der Partei zu eigen gemacht, und wenn er sich ein paar ihrer Schlagworte ins Gedächtnis zurückruft, fühlt er sich zugleich gehoben und gestärkt.
So hör' doch auf, sagt er wieder, da er sieht, daß die blutleeren Lippen sich aufs neue zu bewegen beginnen. Er hat einen Zorn auf die Ida, das Geschwisterkind, seit jenem Abend im Herbst, an dem sie zu ihm gekommen ist, um ihm zu erzählen, daß im Dorf Rassenschande getrieben wird. Seit dem Abend, an dem er den Telefonhörer abgenommen und damit den Stein ins Rollen gebracht hat, der jetzt einen Menschen erschlägt.
Zurücktreten, ruft der Offizier mit gedämpfter Stimme. Er gehört zur Politischen Polizei und tut eigentlich nichts anderes, als Menschen um ihrer Geburt oder ihrer Überzeugung willen ins Jenseits zu befördern. Aber er hat die angenehmen Manieren der Angestellten von Beerdigungsinstituten, und seine Untergebenen schätzen ihn sehr.
Das Auto braust um die Ecke und hält mit einem Ruck. Der Bürgermeister, der auch Ortsgruppenleiter und Bauernführer ist, nimmt stramme Haltung an. Er ist in der letzten Zeit ziemlich dick geworden und seine braune Uniform spannt. Er steht eine Weile mit durchgedrückten Knien und stierem Blick. Dann wird er an das Auto gerufen und erstattet Bericht.

Martha Gruber hört ihn reden und versteht kein Wort. Es ist ihr unmöglich, die Geschehnisse von damals mit denen von heute in einem Zusammenhang zu bringen. Sie denkt an den Abend, an dem ihr Mann den Stanislaus zum ersten Mal mitgebracht hat. Er ist dann verschwunden, und sie ist mit dem Polen sitzen geblieben. Sie hat mit ihm geredet, in der Sprache ihrer Kindheit, dem Wasserpolackisch, das er ganz gut versteht. Sie haben geredet und gelacht. Er hat den Geruch der Kindheit mit sich gebracht, die Weite des Ostens, den hellen Glanz der Feste, den Schellenklang der Schlitten und die weißen Staubfahnen der Straßen im heißen August. Sie hat nichts getan, um ihn an sich zu ziehen. Er war plötzlich da, wie eine Erinnerung, wie ein lang vergessenes Wort. Weil sie damals jung war, hat sie geglaubt, auch jetzt seines Alters zu sein. Sie haben sich angesehen in dem dumpfen Begehren, einen Augenblick lang entbunden zu werden von der Last der fremden Landschaft, von der Unwiderruflichkeit ihres Geschicks...
Er ist nicht derselbe, denkt die Frau. Das Ganze kommt ihr vor wie ein Film, der abrollt, ein Stück der grausigen Kriegswochenschauen, mit denen man nicht das geringste zu tun hat. Der Film rollt weiter, der Bürgermeister tritt zurück, und die Herren, die mit dem Auto gekommen sind, gehen in den Wald hinein.
Die Ida betet nicht mehr. Es ist nicht meine Schuld, sagt sie plötzlich, und alle sehen sie verächtlich an. Sie wagt nicht weiterzureden. Aber sie denkt, ich habe nicht gewollt, daß ein Mensch stirbt. Ich habe der Frau Gruber einen Denkzettel geben wollen, daß sie schaffen muß wie wir. Ida fängt an zu weinen und findet darin eine gewisse Erleichterung. Sie weiß nicht, daß vor nicht allzu langer Zeit in diesem Tal noch eine Frau, die nicht altern wollte, als Hexe ersäuft worden ist, im Mühlbach, einen Stein um den Hals.

Im Wald drin beginnt jetzt jemand zu reden und etwas vorzulesen. Er spricht sehr laut, aber niemand auf der Straße kann seinen Worten folgen, weil der Bergarbeiter einen Hustenanfall bekommt, über den er nicht Herr werden kann. Er hustet stoßweise und krampfhaft und seine Augen nehmen einen glasigen Ausdruck an. Er hat sich erkältet, als er gestern unter dem zugigen Schuppen der Ziegelei der zwölfjährigen Anna aus der Sägemühle mit seinen groben Händen über die kleinen Brüste und die mageren Hüften gestrichen und ihr seinen warmen Atem ins Gesicht geblasen hat. So etwas muß er immer wieder tun seit dem vergangenen Jahr. Darum will er nicht, daß seine Frau ihn begleitet, darum muß er sie ablenken und beschäftigen. Er will nicht, aber er muß. Andere Männer in seinem Alter nehmen die Beschäftigungen ihrer Knabenjahre wieder auf, legen Obstkerne in den Boden oder kleben Briefmarken ein. Auch er nimmt die Beschäftigung seiner Knabenjahre auf. Nur, daß er niemals Steine gesammelt und Briefmarken eingeklebt hat, sondern den kleinen Mädchen nachgeschlichen ist, lüstern und stumm.
Der Bürgermeister versucht dem Gruber auf den Rücken zu klopfen, weil er glaubt, daß dieser sich verschluckt hat. Das Husten ist ihm nicht unangenehm, dabei vergeht die Zeit, diese schauerlichen Minuten, bis alles vorüber ist. Bald werden sie alle nach Hause wandern. Heute werden die Leute im Dorf noch erregt sein, aber morgen werden sie schon anfangen zu vergessen. Der Bürgermeister klopft auf den runden Rücken des Bergarbeiters, als wolle er ihn verprügeln. Er bemerkt plötzlich, daß er selbst friert und daß seine Zähne aneinanderschlagen wie Ziegel im Sturm. Die Hinrichtung findet im Jahre 1942 statt. Der Bürgermeister hat noch keinen Grund, an dem Sieg Deutschlands zu zweifeln oder die Rache der Polen zu fürchten. Was ihn

bedroht, ist ein Phantom, das auf geheimnisvolle Weise aufsteigt aus dem Gewissen seiner Kindheit und der Meinung jener Menschen, die er verachtet und bekämpft. Das Phantom ist schuld, daß er in all seinem Glanz und seiner Glorie manchmal umherschleicht wie ein geprügelter Hund. Das Phantom ist schuld, daß er das Leben und Sterben des Polen Stanislaus mit dem Leben und Sterben seines eigenen, einzigen Sohnes in einen wahnwitzigen Zusammenhang bringt.

Der Bürgermeister starrt mit hervorquellenden Augen auf das, was sich jetzt im Walde begibt. Es ist alles bereit. Die Gefangenen stehen in einem Halbkreis, die Soldaten ihnen gegenüber. In der Mitte befindet sich der Galgen, der übrigens nur aus einem an zwei Baumstämmen angenagelten Querholz besteht. An einem der Bäume lehnt die Leiter, die von Gefangenen gehalten wird. Zwischen zwei Soldaten geht jetzt der junge Pole über die Lichtung, festen Schrittes und mit erhobenem Gesicht.

Niemand kann die Schritte des Verurteilten hören, weil der Westwind weht und weil der Waldboden feucht und moosig ist. Aber dem Bürgermeister schlagen diese Schritte wie Hämmer ans Herz.

Jetzt, jetzt, jetzt, denkt er. Jetzt muß draußen in Rußland mein Sohn sterben. Es ist eine verrückte, kindische Idee. Es ist eine berauschende Idee für einen, der ein gewisses Bild im Innern trägt, ein gigantisches und verworrenes Bild von Millionen von marschierenden Stiefeln, leuchtenden Fahnen und emporgereckten Armen, von der aufzuckenden Flut des Lebens, die das heilige Opfer verschlingt.

Von der kleinen Gruppe auf der Straße ist der Bürgermeister der einzige, der zusieht, wie der Pole Stanislaus vom Leben zum Tode kommt. Dem dicken Ratsschreiber sind die Brillengläser angelaufen, der Bergarbeiter hat die Augen voll Hustentränen, die Nachbarin kämpft mit einer Übelkeit und hält das Taschentuch vor das Gesicht. Von der Frau, die einmal die Geliebte des Polen war, wäre es wohl gut zu erzählen, daß sie im letzten Augenblick aufgeschrien hätte vor Erbarmen, Reue und Schmerz. Aber sie schreit nicht. Sie steht mit geschlossenen Augen und lächelt ihrem jungen Geliebten zu.

Und dann ist wirklich alles vorüber. Die Polen gehen an dem Galgen vorbei, langsam, stolpernd und stumm. Einer nach dem andern schaut zu dem Toten hinauf, wie es befohlen ist. Viele von ihnen sind von Rachegedanken erfüllt, und einige murmeln etwas wie Gott sei seiner armen Seele gnädig. Niemand denkt an die Verwerflichkeit der Rassenschande, aber alle spüren plötzlich, daß die Märzluft warm und herrlich das Tal durchflutet und daß sie Männer sind mit Blut in den Adern und Wind um die Stirn. Ich habe es nicht gewollt, denkt der Bergarbeiter, als die vielen Füße sich in Bewegung setzen, die Autos anfahren und die Stimmen sich erheben. Er seufzt und beginnt hinter seiner Frau herzutrotten, die ihr Hütchen zurechtgerückt hat und sich nun anschickt, durch das Dorf zu gehen, voller Trotz und Haß auf die Leute, die sie aus den Fenstern anschauen wie ein böses, giftiges Tier.

Ich habe das nicht gewollt, sagt der Bürgermeister zum Ratsschreiber, mit dem er die abschüssige Straße hinuntergeht. Er sagt es mit lauter Stimme, er will, daß es gehört und weitergegeben wird. Es soll so etwas sein wie eine Rückversicherung, ein kleiner Versuch auch, dem Schicksal das Leben seines Sohnes abzuhandeln, von dem keine Nachricht da ist, und der doch in Wahrheit schon seit vierzehn Tagen tot in den schlammigen Fluten der Pripetsümpfe liegt.

Im ganzen Dorf rauchen die Kamine, überall wird zu Mittag gegessen, geredet und gemurrt. Oben im Wald liegt der junge Pole in seinem eilig zugeschütteten Grab, schwarze, lockere Walderde auf dem schönen, verzerrten Gesicht. Er hat zweiundzwanzig Jahre lang gelebt, drei davon in dem Dorf, in dem er jetzt aufgehängt worden ist. Er hat bei einem Bauern gearbeitet und hat mit ihm am Tisch gesessen, obwohl es verboten war, die Gefangenen mitessen zu lassen. Er hat der Frau des Bauern geholfen und hat den Kindern zu Weihnachten Spielzeug geschnitzt, wunderbar blaue und grüne Pfauen, die aus einem Trog picken und bunte Fische, die sich wie Schlangen bewegen.
Seine Heimat war ein kleiner Ort in der Nähe von Krakau in Polen. Ich habe mir erzählen lassen, daß es dort eine lange, breite Dorfstraße mit Wassergräben zu beiden Seiten, weißgetünchte Häuser und einen hölzernen Glockenturm gibt, daß der Fluß tief eingeschnitten vorbeiströmt und daß in seiner bewaldeten Schlucht im Frühjahr Maiglöckchen und im Herbst Pilze wachsen. Daß in den Bauernstuben gemauerte und getünchte riesige Öfen stehen, daß Heiligenbilder an den Wänden hängen und daß die großen Hochzeitsbetten mit buntgestickten Kissen und Decken hoch aufgetürmt sind. Aber ob die Augen des jungen Stanislaus in seiner letzten Stunde von diesen Bildern erfüllt waren, vermag ich nicht zu sagen. Nicht anders als der Sohn des Bürgermeisters war er die Hoffnung seiner Eltern, der Stolz seiner Lehrer und die Freude der Mädchen im Dorf. Er war ein Korn aus den goldenen Ähren, zerrieben von den furchtbaren Mahlsteinen der Zeit. Und alles können wir ahnen, nur die Gedanken der Sterbenden nicht.

Der Bergrutsch

Es gibt uns, die wir leben.
Es gibt uns, die wir tot sind und auch leben, aber auf eine andere Weise, wie Pflanzen vielleicht oder wie Muscheln, die sich ein wenig öffnen und das Meerwasser in sich hineinlassen, oder wie die bunte Alge in der winzigen Lagune im Fels.
Erinnerst Du Dich?
Am Abend gegen 7 Uhr hatte der junge Herr Giorgio den Vertrag gebracht. Der Vertrag war auf Stempelpapier geschrieben, das man in den Tabakläden kaufen kann und das durchtränkt ist mit dem Geruch des Espressos, der kalten Asche und der Unzufriedenheit der jungen Männer, die von den Fremden verdorben werden.
Wir gingen mit dem jungen Herrn Giorgio durch die Halle des Hotels, in dem wir wohnten, und setzten uns an einen der kleinen Tische, die dort an den offenen Fenstern stehen. Der junge Herr Giorgio nahm mit einer anmutigen Gebärde seine Füllfeder aus der Westentasche, öffnete sie und streckte sie Dir hin. Draußen auf der Terrasse klapperte das Gestänge der Markisen im warmen Wind. Es hatte den ganzen Tag geregnet, auf den Blechtischen standen die Lachen, und zu Füßen des steilen Macchiagartens lag, wie eine Schüssel, die zum Überlaufen voll ist, das kobaltblaue abendliche Meer.
»Es ist alles bereit«, sagte der junge Herr Giorgio. »Sie können morgen früh einziehen. Ich werde Giuseppina hinüberschicken, um neun Uhr, um zehn Uhr, wann Sie wollen«.
»Um neun Uhr«, sagte ich schnell.

Und dann blickten wir hinunter auf den großen weißen Bogen, auf dem alles aufgezeichnet stand, die Miete für das neue Haus und die Pacht für den Turm, der eigentlich nur eine Ruine war, und den man für 99 Jahre zu übernehmen hatte, nicht kürzer und nicht länger; aber das war nur eine Formsache, und die Miete war lächerlich gering. Das Haus kostete auch so gut wie nichts, weil es so weit draußen lag, und eigentlich war es ganz überflüssig, daß wir den Vertrag noch einmal lasen, weil wir ihn selbst aufgesetzt hatten und es gar nichts mehr zu bedenken gab.

Ja, Du hättest die Feder nehmen und unterschreiben können. Aber das tatest Du nicht. Warum eigentlich nicht, da wir uns doch auf diesen Augenblick schon so lange gefreut hatten, warum eigentlich nicht? Weil jetzt da unten auf der schwappenden Schüssel die »Regina Elena« ihren kläglichen kleinen Sirenenlaut von sich gab und weil wir alle drei zusehen mußten, wie sie sich bemühte zu landen, aber sie kam nicht in den Hafen hinein, so stark war die Dünung; sie mußte weiterfahren mit ihren Passagieren und ihrer Post, durch Ströme von Tintenblau und Spiegelbilder der Wolken, die rosig, wie Fangarme des Oktopus, nach ihr griffen ...

»Sie werden nicht Hunger leiden morgen«, sagt der junge Herr Giorgio schnell. »Meine Mutter wird einen Fisch schicken, Cefalù, und Essig und Öl.«

Seine Blicke hatten etwas Beschwörendes, aber er behielt die Würde, mit der man im Süden Geschäfte macht –, Bitte, nach Ihrem Gefallen, Sie mieten, Sie mieten nicht, wir bekommen das Geld, wir bekommen es nicht. Das Weiße in seinen schönen Tieraugen glänzte im Lampenlicht, aber Du schraubtest die Feder zu und reichtest sie ihm herüber und sagtest: »Wir kommen in einer halben Stunde, nach dem Abendessen, und bringen die Unterschrift und das Geld.« Die »Regina Elena« stieß noch einmal ihren klagenden Ruf aus und verschwand hinter dem Felsenvorsprung; in der Halle schlug der Kellner auf den Gong, einmal, zweimal, und Giorgio ging mit seinen wiegenden Schritten zur Tür hinaus.

Und dann saßen wir beim Abendessen an einem kleinen Tisch, der zwischen lauter anderen kleinen Tischen stand. Fast alle Gäste waren Ausländer, Vergnügungsreisende, Zugvögel, deren Schwingen nicht aufhören zu zittern und fortzubegehren, weiter oder nach Hause. »Ich fahre morgen«, rief der Schwede vom Nachbartisch herüber, »ja, ich muß heim. Ich kann Sie mitnehmen, wenn Sie wollen, ich habe Platz im Wagen, um 10 Uhr fahre ich ab.« Und jetzt hättest Du sagen sollen: »Nein, danke, wir reisen nicht, wir bleiben, wir haben ein Haus gemietet, wir bleiben ein Jahr oder länger, vielleicht unser Leben lang.« Aber Du nicktest nur und lächeltest und sagtest nichts. Du sprachst nicht von dem Haus und nicht von dem Turm und den 99 Jahren, dieser magischen Zahl, die uns entzückt und mit einem seltsamen Schauder erfüllt hatte, und nicht von den Feuerzeichen, die zur Zeit der Sarazenen von Turm zu Turm gegeben worden waren, die ganze Küste entlang. Du tatest gerade, als gehörten wir noch zu ihnen, den Flüchtigen, die ihre Fahrkarten schon in der Tasche haben. Und dabei war doch schon alles verändert, mit dem Stempelbogen in Deiner Hand; der schwere süße Frühlingsgeruch in der herbstlichen Luft und der donnernde Hall der Wagenräder unter der Felswand und das alles gehörte uns und wir gehörten ihm, es war wie eine schwere Hand, die sich auf uns legte, die uns zurechtlegte nebeneinander, schön dicht in die blühende Macchia hinein.

Natürlich gab es Wein zu diesem Abendessen, er gehörte ja zum Gedeck. Es war der rote Wein der Abhänge draußen, und wir tranken ihn nicht, ohne daß sich unsere Blicke einmal suchten, und wir gingen nicht auf die nächtliche Straße hinaus, ohne daß Du Deinen Arm um mich legtest. Und das alles wäre heute nicht anders, und es wäre doch anders, weil die Zukunft leichter wiegt als die Vergangenheit und die Träume leichter als die Erfahrung, weil das ungelebte Leben leicht ist – so leicht.

Wir gingen auf der Felsenstraße wie jeden Abend, und das ungelebte Leben erfüllte uns wie der rote kräftige Wein. Wir sprachen davon, was alles nötig wäre, um die Wohnung einzurichten und was das Allerdringendste wäre, Pfannen und Schüssel und Kochlöffel und eine Schaufel, damit wir die Beete unter den Citronenlauben umgraben und zu Weihnachten Salat haben konnten, festen grünen Salat. Und ein Tisch sollte bestellt werden für Dich zum Schreiben, mit einer großen festen Platte aus Olivenholz, und als wir darüber sprachen, hörten wir schon die Säge kreischen und durch das Holz ziehen und rochen schon den feuchten harten Salat. Wie wir so auf der Straße dahingingen, traten wir zu jedem Ding in eine neue Beziehung, und ich erinnere mich, daß wir zum ersten Mal versuchten, die Sternbilder zu erkennen, die über dem Meere und dem Scheitel des Gebirges standen. Wir kamen dann an die Stelle, wo vor vielen Jahren der Bergrutsch niedergegangen war und – wie jedes Mal an diesem Ort – sprachen wir davon, wie seltsam es sei, daß gerade die Kirche verschüttet worden war und genau in dem Augenblick, in dem das Tedeum gesungen und die Schellen gerührt worden waren, und wie die Gläubigen in aller Seligkeit dahingefahren sein mußten, hinab in das Meer, in den Tod. Und schon waren wir dort vorbei und bei den großen Margheritenbüschen, die auf der Mauer blühen, und da fanden wir, daß wir auch solche Margheriten haben müß-

ten, rosarote und weiße, die wie Sterne leuchten in der Nacht.
Wir gingen auf den Ort zu und durch den ersten langen Tunnel, und als wir herauskamen aus dem staubigen Zugwind, regnete es wieder, und das Meer unter der Maccaronifabrik rauschte wie toll. Wir gingen am Hafen vorbei, es war niemand auf der Mole, aber drin auf dem Markt wurde die Straße zum Sonntag gefegt und vor der Bar standen die jungen Leute, den Hut im Genick und die Hände in den Taschen, und auch Giorgio stand dort, und wir hätten uns zu ihm an den Tisch setzen und den Vertrag unterschreiben und ihm das Geld geben können, aber wir taten es nicht. Wir gingen weiter auf der Uferstraße, an dem runden Turm vorbei und um die Felsenecke und durch den Nachbarort Atrani, diese weiße Burg im schwarzen Stein. Und dann um den nächsten Felsvorsprung und an vielen Häusern vorbei und an dem kleinen Hafen, wo die Netze zum Trocknen hängen, und daneben hängen die feinen Nudeln, auch zum Trocknen, und leuchten schön golden im Lampenlicht. Und dann stieg die Straße wieder an, und die Ölbäume am Abhang knarrten im Westwind, das Gebirge hing drohend über uns, die weißen Schaumkronen sprangen, die Sterne glitzerten wässrig und der falsche Frühlingsgeruch drang immer reiner und stärker zu uns her.
Obwohl der Mond nicht zu sehen war, war es doch nicht dunkel, und wir erkannten schon von weitem die Mauer und das Gittertor, das zu unserem Hause gehörte, aber das Haus selber konnten wir nicht sehen, es lag weit unten am Abhang in den Citronengärten, von denen Kronen der Nespoli versteckt. Wir standen eine Weile oben an der Mauer und schauten in die üppige Wildnis hinab und zu dem Turm hinüber, der schwarz über den glitzernden

Wellen hing. Wir konnten es nicht lassen, über die Mauer zu klettern und auf der kleinen verfallenen Treppe hinabzusteigen und die Hände nach den Citronen auszustrekken, die noch unreif waren, aber doch schon ein wenig dufteten, rein und bitterlich süß. Und dann kamen wir zu dem Haus und natürlich war einer der Fensterläden offen, so daß wir ganz gemütlich hineingehen konnten. Wir fanden auch eine Kerze, die wir anzündeten, und der runde Schein der Flamme fiel an die gemalte Decke, und weil meine Hand, die die Kerze hielt, ein wenig zitterte, sah es so aus, als begännen die kleinen rosa Wolken da oben dahinzusegeln und als träten die lustigen dickbauchigen Schiffe ihre Reise an. Und dann steckte ich die Kerze in ein Glas, und wir machten die Fenstertüren auf und standen auf der Schwelle, und unsere Schatten lagen auf den Fliesen der Terrasse riesengroß, Mann und Frau.

Später setzten wir uns auf das Bett und sprachen davon, was wir morgen einkaufen wollten und was wir essen würden und was wir am nächsten Tag tun würden und am übernächsten Tag. Wir sprachen auch von den Gängen, die wir zu machen hätten, immer wieder, zum Dampfer und auf die Post, und von der Gartenarbeit und davon, daß wir ein Boot bauen lassen wollten, um zum Fischen hinauszufahren, und wie dann die Azetylenlampe unseres Bootes eines der Lichter sein würde, die des Nachts in der Bucht von Paestum stehen wie ein goldener Kranz. Wie lange Zeit über solchen Gesprächen hinging, weiß ich nicht, ich weiß nur, daß jede Minute aufstieg und sich neigte wie ein voller schwerer Tag. Und die ganze Zeit war ein Rauschen in unseren Ohren vom Meer und von den Bäumen und von den vielen kleinen Rinnsalen, die den Abhang hinunterflossen, aber es regnete nicht. Vielleicht war gerade heute die Zeit der Äquinoktialstürme vorbei und es würde mor-

gen die Sonne scheinen und wir würden in der Sonne auf unserem Felsen liegen, drunten in der kleinen Bucht. Dorthinab stiegen wir jetzt. Wir wollten eigentlich zum Turm hinüber, aber der Weg dorthin war zu dunkel und zu schlüpfrig, wir fanden ihn nicht. Auch die Treppe war glatt und feucht. Du gabst mir die Hand, und wir ertasteten Stufe um Stufe, und die Büsche schlossen sich hinter uns, und obwohl oben auf der Straße die Scheinwerfer der großen Autobusse und draußen auf dem Meere die Lichter der Afrikadampfer hinglitten, waren wir doch mit jedem Schritt mehr entrückt von allen nennbaren Orten und wie in einem furchtbar namenlosen Land. Denn dort drunten in der winzigen Bucht war ja nichts mehr als der Salzgeruch und der fliegende Schaum und das Tosen, ein Hexenkessel voll brodelnder Gischt. Und natürlich schrien wir uns zu, wie schön das sei und sahen uns lachend an, aber war nicht trotzdem etwas wie eine Angst in uns, eine Ahnung des Unheils? Aber das ist leicht zu sagen, später, wenn alles vorbei ist und man alles weiß.
Wir stiegen dann die Stufen wieder hinauf, die 205 Stufen vom Meeresspiegel bis auf die Straße, und als wir an dem Haus vorbeikamen, tratest Du noch auf die Terrasse und machtest von außen den Laden wieder zu. Da war es mir, als lägen wir dort drin auf dem Bett und Du schlössest die Türe über uns wie ein Grab, und ich sagte: »Ach nein, tu das nicht«. Aber der Wind war so stark, ich sprach und konnte mich selbst nicht verstehen. Und dann kamen wir auf die Straße, und es fiel uns zum ersten Mal auf, wie steil gerade dort der Felsen überhing. Es war alles voll seltsamer Geräusche, von den Kieseln, die am Strande zurückgerissen wurden, von den Ölbaumzweigen, die im Winde seufzten, von den Wagenrädern, deren Rollen im Schatten der Felswände wie Donner klang. Und als wir durch den

Ort gingen und an die Stelle kamen, wo wir zu Giorgios Haus einbiegen mußten, verhieltst Du ein wenig den Schritt, nur gerade soviel, daß es an mir gewesen wäre, die Wendung zu machen, und ich weiß nicht, warum ich es nicht tat. Ich ging weiter geradeaus und erst nach einer kleinen Weile fragte ich, ob wir nicht schon vorüber seien und Du sagtest: »Es ist vielleicht schon zu spät, sie schlafen schon.« Und ich dachte: »Er hat Angst vor der Entscheidung«, und Du dachtest dasselbe von mir. Aber es war etwas ganz anderes, eine Bestimmung, die außerhalb unseres Willens lag.

Denn als wir dann ins Hotel zurückkamen, sagte der Portier: »Che cattivo tempo!« und dann gab er Dir das Telegramm. Ach, um nichts Besonderes handelte es sich, nur um etwas, das Du in Rom zu erledigen hattest. Und Du fandest, ich könnte mitfahren, und wir könnten das Anerbieten des schwedischen Herrn annehmen, und in ein paar Tagen wären wir wieder zurück. Wir gingen ganz vergnügt in unser Zimmer hinauf, wo die Koffer schon gepackt standen, nur daß wir an diesem Abend nicht mehr über das Haus sprachen, nicht ein einziges Wort. Am nächsten Morgen regnete es nicht mehr. Wir fuhren sehr schnell auf der Straße, die wir immer nur zu Fuß begangen hatten, und es war die andere Richtung, an dem Haus kamen wir nicht vorbei. Es kam mir aber doch alles sehr seltsam vor und fast wie eine Flucht, und um Mittag empfand ich geradezu etwas wie einen Riß, ein Fortgerissenwerden, und ich dachte, daß wir vielleicht doppelt da seien, hier im Auto und dort hinter den Bergen in dem paradiesischen wilden Garten und dem verlassenen Haus. Und Giorgios Mutter sah ich jetzt dort hinabkommen mit Essig und Öl und Fischen, und obwohl sie eine alte Frau war, sprang sie doch mit dem leichten Schritt der Mädchen über die Stufen

und machte die Türe auf und stand vor uns in dem schimmernden grüngoldenen Licht. Aber das war natürlich gar nicht wahr. Giorgios Mutter ist in Wirklichkeit niemals die Treppe hinuntergegangen, um uns den Fisch zu bringen. Denn um diese Zeit war alles schon geschehen.
Ja, gegen Mittag ist es geschehen, gerade als in der Nähe von Caserta der schwedische Herr seinen Wagen an den Straßenrand lenkte und anhielt und wir unsere Frühstückspakete untersuchten. Um diese Zeit hat sich dort hinten im Rücken der Monti Latteri unter der Einwirkung der Sonnenstrahlen und nach geheimnisvollen physikalischen Gesetzen wieder ein Stückchen des Gebirges gelöst und ist ins Rutschen gekommen und auf seinem Wege hat er alles mitgerissen, was da war, Nespoli und Pinien und Citronenlauben und das Haus mit der gemalten Decke und den Herd und den Fahnenfederfächer und hat das alles mit einem ungeheuren Getöse hinabgetragen ins Meer. Und es war dann nichts mehr zu sehen, als eine furchtbare Wunde in dem blühenden Leib der Erde, eine breite Bahn der Vernichtung, die oberhalb der Straße anfing und sich hinunterzog bis zur Bucht. Und am Abend sind gewiß alle herbeigewandert und haben die Wunde angesehen und der junge Herr Giorgio hat unter ihnen gestanden und seine Hände anmutig bewegt und von den Fremden erzählt, die so klug sind und alles vorauswissen; aber was nützt das ihm und der Mutter, ihnen geht es jetzt noch schlechter als zuvor.
Und zur selben Zeit saßen die beiden Fremden im Caféhaus in Rom und starrten auf die fetten Schlagzeilen im Messagero und sahen sich in die Augen, Du und ich, und in unseren Augen stand die Frage: »Gerettet – wofür?« Und dann haben wir getrunken und gelacht, und an die Küste zurückgekehrt sind wir nicht mehr, aber aus keinem

besonderen Grunde, nur weil das Leben es anders mit uns vorhatte und uns umhertreiben wollte, noch lange Zeit.
Ja, eine lange Zeit ist seitdem vergangen, aber es steht das alles deutlich vor mir und wird deutlicher mit jedem Tag.
Und ich weiß: es gibt uns, die wir leben, die wir viele Orte gesehen haben, gute und böse und viele Menschen gekannt haben, gute und böse und viele Worte gewechselt haben, gute und böse, und wie es endet, wissen wir nicht.
Und es gibt uns, die wir an einem Mittag im Oktober vor vielen Jahren hinabgefahren sind in der Seligkeit und die dennoch an manchen Abenden, wenn die Spiegelbilder der schmalen Wolken wie Arme des Oktopus auf der tintenblauen Flut liegen, vor der Feuerstelle des alten Hauses sitzen und den Hahnenfederfächer bewegen.
Die des Abends hinausfahren aus der kleinen Bucht und mit der grellen Lampe ihres Bootes die Fische locken.
Die auf der Felsenstraße dahingehen unter den feuchten Sternen, groß und flüchtig und ewig, weil das ungelebte Leben leicht wiegt, so leicht.

Das ewige Licht

Straßen gibt es, die schreien einem, ob man will oder nicht, ihre Geschichten ins Ohr. Jeder Torweg eine Geschichte, jedes Fenster eine Geschichte, jeder Mensch, der einem entgegenkommt, eine Geschichte. Und hat man es nicht einmal satt, möchte man nicht einmal ruhig spazierengehen, Nachmittag ist's, beinahe schon Abend, Wolken ziehen über den Hügel, nach Frühling riecht es. Eine Tarnkappe möchte man haben, eine Nonnenhaube mit weißen Flügeln, bitte, sprecht mich nicht an, ich bin gar kein Mensch mit Menschenohren, ich bin eine Kröte, die da hinaufhüpft, am Brunnen von Sant' Onofrio zu trinken, ich bin ein kleiner räudiger Hund. Seinen Frieden möchte man haben – von all dem Menschenelend, und allein sein und ganz langsam da hinaufsteigen und vom Gianicolo hinter den Pinien der Villa Doria die Sonne untergehen sehen.

Eine Straße aber, in der man seinen Frieden haben kann, ist die Salita di Sant' Onofrio nicht. Ich mag meinen Mund noch so fest zukneifen und meine Blicke noch so starr geradeaus auf die schwarzen Steineichen vor der Klosterkirche richten, es redet mich doch jemand an; eine Frau ist es, und jetzt packt sie gar meine Hand und will mich hindern, weiterzugehen.

Kommen Sie mit, sagt sie, bitte, nur einen Augenblick. Nur die Treppe hinauf, hinein kann man sowieso nicht, es ist kein Raum im Vorplätzchen und die Haushälterin erlaubt es auch nicht. Herauskommen muß Hochwürden und auf der Treppe sprechen. Aber ich will nicht allein sein, dort oben, verstehen Sie das nicht?

Warum wollen Sie nicht allein sein, frage ich. Jeder Mensch ist allein, und was haben Sie von mir, ich gehe spazieren, ich bin eine Unke, ich bin ein kleiner räudiger Hund.

Aber die Frau, die mich angesprochen hat, will davon nichts wissen. Meine Hand läßt sie nicht los und zerrt mich ins Haus, das letzte Haus rechts an der Straße, beinahe wäre ich schon bei der Kirche angelangt gewesen, beinahe wäre ich entkommen. Ich versuche auch jetzt noch meine Hand frei zu machen, aber die Frau ist stark, sie ist auch noch jung, ein Gesicht hat sie wie die Medusa Rondanini, aber nicht, daß Sie sich jetzt ein Schreckgespenst vorstellen, die echten Medusen waren immer schön und schrecklich zugleich.

Was wollen Sie denn da oben, frage ich, was ist das für ein Hochwürden, und warum gehen Sie nicht in die Kirche, wenn Sie beichten wollen.

Ich will nicht beichten, sagt die Frau, ich will wissen. Und hier bekommt man keine Vergebung der Sünden, sondern man bekommt zu wissen, und damit geht sie mir voran auf den Marmorfliesen, auch die Treppenwände sind aus Marmor, nur daß das bei uns in Rom gar nichts Besonderes vorstellt, und nach Katzen stinkt es, daß einem übel werden kann.

Wie lange dauert es, frage ich streng, und die Frau sagt, es kann sehr lange dauern, stundenlang, bis wir drankommen, aber was soll das heißen, wir, ich will ja gar nichts, nur die Sonne, die schon ziemlich tief steht, wollte ich hinter den Pinien der Villa Doria untergehen sehen. Aber ich merke schon, daß die Frau recht hat, zum fünften Stockwerk sollen wir hinauf, aber beim dritten fängt es schon an, da sitzen sie auf den Treppenstufen, einzeln und in Gruppen und in ganzen Familien und schwatzen und seufzen, und manchmal hängt da ein Gesicht im Kopftuch wie eine Taube im Käfig, ganz weiß und still. Die Frau Medusa macht einen kleinen Versuch, sich mit mir an den zuunterst Sitzenden vorbeizudrücken, aber sie wird gleich niedergezischt wie von lauter Nattern und entschuldigt sich und bleibt stehen. Also setzen wir uns auch auf den kalten, schmutzigen Marmor, und ich bin froh, weil da ein Fenster ist und eine Zypresse davor, und ich kann den Stamm ansehen und daran denken, wie einmal einer namens Linné dieses ganze wilde Wachsen dort draußen untersucht und in eine Ordnung gebracht hat, eine ganz und gar widernatürliche und großartige Ordnung, und mit den Menschen kann man das nicht.

Denn zum Beispiel diese Frau Medusa, was will sie eigentlich hier, und was redet sie auf mich ein, ganz wirr und prachtvoll glühend, und nur so viel verstehe ich, daß sie von ihrem Mann spricht und daß dieser Mann aus dem Kriege nicht nach Hause gekommen ist, aber tot ist er nicht.

Da, sehen Sie, sagt die Frau Medusa, und zieht ein Bildchen aus ihrer Tasche und bläst den Puder herunter, billigen rosa Puder, stark parfümiert. Auf dem Bildchen ist ein schöner junger Mann, nicht in Uniform, sondern in einem dunklen Anzug, groß, schlank, gute Figur, aber nicht die Figur ist das Wesentliche, das Wesentliche ist das Gesicht. Und zuerst will ich gar nicht recht hinsehen, was geht mich die Frau Medusa an, was geht mich der Mann an, warum sitze ich hier, warum strecke ich die Hand nach einer fremden Photographie aus und halte sie ans Licht – ja, so viel Zeit ist nun schon vergangen, daß man sich zum Fenster wenden muß, um richtig zu sehen. Aber schon reißt mir die Frau Medusa das Bild weg und küßt es und steckt es in die Tasche zurück. So schöne Menschengesichter kann Gott machen, so männliche, nichts von Schaufensterpuppe, mit allem darin, was einen Menschen ausmacht, Gedanken und Gefühle und Sinnlichkeit und Freuden und Schmerzen. Und das alles in eine Form gegossen, die sich sehen lassen kann: hohe Stirn, klare Schläfen, kräftige Nase, schöngebildetes Kinn. Viel zu gut für Frau Medusa, denke ich, nein, doch nicht zu gut, auch die Frau Medusa ist etwas Besonderes in ihrer irdischen Liebeskraft, ihrem schwarzen Lockengewirr, mit ihrem übergroßen sinnlichen Mund.

Jetzt springt sie auf und zerrt mich von den Stufen, drei Leute bahnen sich den Weg die Treppe herunter, da ist ganz oben Platz frei geworden, und man kann nachrücken, ein paar Meter weiter, dem obersten Stockwerk zu. Hochwürden sieht alles, sagt die Frau Medusa, als sie sich wieder hinsetzt und sich den Rock über die Knie zieht. Er weiß, wo mein Mann ist, und ob er im Bett liegt mit einer fremden Frau. Denn ein Rutengänger ist Hochwürden, der die Quellen findet, und wenn er über einer Photographie oder einem Brief das Pendel hängen läßt, fängt das Pendel gleich an sich zu bewegen, schwingt hin und her oder kreist. Hochwürden sieht das Pendel an, aber er hat dabei ganz bestimmte Dinge vor Augen, und das sind keine Teufelskünste, das ist eine Gabe vom lieben Gott. Hochwürden weiß auch genau, wo sich das abspielt, was er da gerade sieht, so und so viele Kilometer nach Norden oder nach Süden oder nach Osten oder nach Westen, und man braucht nur daheim die Landkarte zu nehmen, und schon findet man das Dorf oder die Stadt.

Ob ich das nicht begreife, daß man so einen Mann wiederhaben will, schreit die Frau Medusa plötzlich ganz laut, und ich begreife es gut. Nur fort möchte ich, nicht dabeisein, wenn Hochwürden das Pendel schwingen läßt und wenn die Frau dann davonstürzt, und man weiß schon, was sie vorhat, und daß es Tote geben wird, zumindest eine Tote, eine furchtbare Verstrickung und keineswegs ein Glück. Denn die Frau Medusa sieht nicht aus, als ob sie sich so etwas ausreden ließe, überhaupt hört sie gar nicht zu, wenn ich hin und wieder einmal ein Wort sage; warum sie mich mitgeschleppt hat, weiß ich nicht. Immer mehr Leute kommen, sie sitzen bis auf die Straße hinunter, und die Luft ist schlecht. Wir sind schon zwei- und dreimal nachgerückt, dicht unter mir ist ein dicker gestrickter Rücken, der zuckt, vom Schluchzen geschüttelt, und zwei kleine Mädchen sind da, die ihre Händchen in die rote Wolle krallen, und Máma, Máma schreien. Ich frage mich, was alle diese Leute wissen wollen, wahrscheinlich etwas, was ihnen besser verborgen bliebe, oder ist es nur, daß die ›fede‹, der Ehering, verlorengegangen ist und Hochwürden soll ihn liegen sehen, in der Ritze unterm Küchenschrank, unter der zerbrochenen Tasse im Spind. Von meinem Baumstamm ist schon lange nichts mehr zu erblicken, so sehr beruhigend war er ja auch nicht, eine Zypresse von der Art, bei der sich das Holz zerrissen, zerfasert, spiralig aufwärts windet, als sei das Wachsen eine furchtbare Anstrengung, ein einziger Schmerz. Wenn ich den Kopf hebe, sehe ich jetzt die Eingangstür der Wohnung, die offensteht, und da tritt auch schon Hochwürden heraus, dick und klein, und spricht mit einem blassen jungen Menschen und macht über ihn das Kreuzzeichen und drückt ihm etwas Geschriebens in die Hand.

Die Frau Medusa hat mich angestoßen, verzückt schaut sie hinauf und zählt dann rasch die Leute, die noch vor uns drankommen, es sind neun oder zehn. Unsere Hochzeitsreise haben wir nach Assisi gemacht, sagt sie, in der Unterkirche waren wir am Sonntag, da haben sich alle nach meinem Mann umgesehen, und ein Engländer hat ihn photographiert. Ein Glück ist das, einen so schönen Mann zu haben, auf der Straße gehe ich und sehe ich ihn von weitem, so schön und so stolz, und Herzklopfen bekomme ich vor Freude, weil ich weiß, er gehört mir. Sie sehen ihn, frage ich erstaunt, und die Frau Medusa antwortet, ich sehe ihn nicht, ich suche ihn, er ist irgendwo, er ist nicht tot. Woher sie das so genau wisse, frage ich, nicht aus Grausamkeit, sondern um sie ein bißchen vorzubereiten, denn jetzt gehen schon wieder drei Leute die Treppe herunter, die Hände fromm gefaltet wie bei der Rückkehr vom heiligen Abendmahl, den Blick zu Boden gesenkt. Ich weiß es, sagt die Frau Medusa und spielt mit einer goldenen Münze, die ihr an einem Kettchen im Ausschnitt hängt. Ein Kamerad ist heimgekommen, der hat es mir geschworen beim Seelenfrieden seiner verstorbenen Mutter, aber weiter hat er nichts sagen wollen, und ich weiß schon, es steckt jemand dahinter, eine Frau. Das gibt es, Soldaten, die sind irgendwo hängengeblieben und haben sich neue Papiere verschafft und haben geheiratet und Kinder bekommen, und Frauen gibt es, richtige Hyänen, die halten die Männer fest und fressen ihnen das Fleisch von den Knochen. Über diese Hyänen möchte die Frau Medusa noch mehr sagen, aber es gibt jetzt eine Bewegung auf der Treppe, weil dort oben eine Alte steht, die faltet nicht fromm die Hände, sondern wirft sie über den Kopf, knochige, schreckliche Greisinnenhände, und schreit »Che mondo assassino«, was man übersetzen könnte: »Was das für eine mörderische Welt ist« oder noch besser »Was für ein Mörder ist diese Welt«, und da hat man dann die Welt vor Augen als einen riesigen bösen Mann, der die Menschen von der Straße abliest und sie in einen Sack steckt und den Sack ins Meer wirft, wie man Katzen ersäuft. Che mondo assassino, schreit die alte Frau und rennt mit erstaunlicher Behendigkeit die Treppe hinunter, auf der es jetzt schon dunkel ist, und wo sie vorbeikommt, springen die Wartenden auf und stoßen hysterische Schreie aus. Es gibt auch welche, die solche Angst bekommen, daß sie nichts mehr wissen wollen und nicht mehr dableiben wollen, und darum ist auf einmal gar niemand mehr vor uns, nur Hochwürden steht in der Tür mit einem traurigen ratlosen Gesicht.

Die Frau Medusa denkt nicht daran, das Weite zu suchen oder das Tiefe, den gemütlichen Alltag dort unten, in dem man mit seinesgleichen verkehrt. Sie läuft die paar Stufen hinauf, ganz oben steht sie nun an der Himmelsleiter, auf der es nach Abendessen, nach gefülltem Paprika riecht. Jetzt zieht sie ein Pappschildchen mit einer Nummer aus der Tasche und reicht es Hochwürden und macht einen Knicks. Hochwürden geht in die Wohnung, in seine Stube, und dann kommt er wieder heraus und ruft über die leere Treppe, Schluß für heute, und winkt uns, einzutreten, und weil die Frau Medusa mich am Arm gepackt hält, gehe ich mit. Aber kaum, daß wir drinnen sind auf dem engen Korridor, macht Hochwürden eine andere Tür auf und schiebt mich allein da hinein. Ein Eßzimmer ist das mit einem langen, schweren Tisch und vielen schwarzen, geraden Stühlen, und ein Fenster ist da voll Himmel, mit Schwalben, die steigen und fallen, und Luft ist da, eine wahre Wohltat nach dem stinkigen, engen Schacht. Ich weiß nichts, ich gehöre nicht zu ihr, sage ich, und versuche zu erklären, wie alles gekommen ist, aber Hochwürden hat schon die Tür hinter sich zugemacht, und wir sind allein. Hochwürden hört mir auch gar nicht zu, ich muß mich an den Eßtisch setzen, und er setzt sich neben mich, wie ein Tischherr bei einem feierlichen Pranzo, und die Speisekarte legt er vor mich hin. Nur daß es gar keine Speisekarte ist, dieser lange, weiße Bogen, es ist der Bescheid, den die Frau Medusa bekommen soll, soviel verstehe ich schon. Er hat also wirklich wieder geheiratet, er hat sie verlassen? frage ich, und Hochwürden starrt auf den langen, weißen Bogen und schüttelt den Kopf. Anstrengend muß das sein, dieses Pendeln und In-die-Ferne-Schauen, und was man da alles zu sehen bekommt, lauter Verstrickung und Schuld. Gesund kann das nicht sein, und gesund sieht Hochwürden auch nicht aus, obwohl seine Augen es mit den Schwalben halten und wahrscheinlich voller Fröhlichkeit sind, sonst immer, nur jetzt gerade nicht. Da, sagt er und deutet auf das Papier, da steht, was ich gesehen habe, und Sie sollen entscheiden, ob ich es ihr sagen kann oder nicht. Damit schiebt er mir das Papier herüber, und ich stammle, ich, wieso ich, und fange schon zu lesen an. Der zu ermittelnde F. C., lese ich, und habe die kleine Photographie vor Augen, diesen Kopf eines Erzengels, diese schlanke, kräftige Gestalt. Also noch einmal, der zu ermittelnde F. C., geboren in Gennazzano im Latium und seit dem Ende des Krieges verschollen, lebt. Er befindet sich in einem von hohen Mauern umschlossenen Anwesen, das wahrscheinlich in südlicher Richtung von hier und nicht weiter als einhundertundfünfzig Kilometer entfernt zu suchen ist. Das Gebäude ist kein Gefängnis, kein Irrenhaus und auch nicht eigentlich eine Pflegeanstalt. Es ist ein Versteck vor der Welt. Ein Versteck vor der Welt, was soll das heißen, frage ich, weil weiter nichts geschrieben steht, und sehe Hochwürden an und erschrecke, weil Hochwürden nicht zum Fenster hinaussieht, und auch nicht auf mich, nirgendwohin. Wissen Sie das nicht, sagt er. Eine Ladung Eisen, eine Stichflamme, ein Guß Phosphor, und von einem Gesicht bleibt nichts übrig, nicht einmal so viel, wie der Tod ihm läßt. Und da soll einer heimkommen, die Girlande hängt schon über der Tür, herzlich willkommen, du tapferer Soldat. Und etwas ist vielleicht geschehen, eine künstliche Fratze hat man vielleicht hergestellt aus Schaumgummi, rosarot, aber wer mag die küssen, und die Hand kann man auch nicht geben, die Hand ist nicht mehr da. Das alles sagt Hochwürden ganz leise, aber es klingt, als ob er schreie, und er sagt auch noch, daß niemand nach Hause wolle, der so aussähe, denn alle kann man dann ertragen, nur die man geliebt hat, nicht. Und er sagt auch, daß es vier oder fünf solcher Verstecke für die Verstümmelten gibt, und in einem ist der Mann von der Frau Medusa, man kann ihn suchen, wenn man will. Wenn man will, denke ich, da springt die Tür auf, gehört kann die Frau Medusa nichts haben, aber jetzt steht sie mitten im Zimmer und schlägt Hochwürden mit der Faust auf die Soutane, gerade dort, wo sein Herz zu vermuten ist. Ich will nicht, schreit sie, ich will nicht da draußen bleiben, *mein* Mann ist es, nicht *der* ihrer, sagen Sie mir die Wahrheit, er ist tot. Hochwürden weicht einen Schritt zurück und sieht die Frau Medusa an, als habe er sie vorher nie gesehen, und vielleicht hat er sie auch nie gesehen, ihr nur im finsteren Treppenhaus, einem Schatten unter Schatten, den Brief abgenommen. Aber jetzt sieht er sie, jetzt spiegelt sich auf ihrem Gesicht der große rote Abendhimmel, und es wird alles ganz deutlich, die schönen, festen Wangen, die glitzernden Augen und der gierige, fleischige Mund. Er ist tot, sagt Hochwürden, und der Kopf sinkt ihm auf die Brust. Schwören Sie, verlangt die Frau Medusa, beim Herzen der heiligen Mutter Maria, aber das tut Hochwürden nicht. Er fällt nur einfach auf die Knie zwischen dem Büfett und dem Tisch und fängt an, die Totenlitanei herzusagen, und die Frau Medusa stößt einen langen tiefen Klagelaut aus und wirft sich über den Tisch. Herr, gib ihnen die ewige Ruhe, murmelt Hochwürden, und das ewige Licht leuchte ihnen, und vor meinen Augen gehen und kriechen die Maskenmenschen durch einen Garten voll von wildgewundenen und zerrissenen Zypressen und machen einander seltsame Zeichen und Verbeugungen, und durch den Himmel schießen die Schwalben über ihren Köpfen hin.

Zur Tür schleiche ich und laufe die Treppe hinunter, da ist niemand mehr, und wie ich hinauskomme, kriecht schon die Dämmerung die steile Gasse hinauf, und ich gehe nicht mehr bergan, weil die Sonne ja doch schon lange untergegangen ist. Ich stehe nur vor dem Haus eine ganze Weile, bis die Frau Medusa die Treppe auch herunterkommt, aber nun kennt sie mich gar nicht mehr und geht gleich zur Kirche hinüber und weint vor sich hin, und hat ein Gesicht wie ein Mädchen, ganz ruhig und still.

Popp und Mingel

Noch immer fragen sie mich alle, wie das gekommen sei, neulich, am Tag vor Allerseelen, und warum ich das getan hätte. Sie sagen, es sei doch nicht das erste Mal gewesen, daß ich ein paar Stunden allein in der Wohnung war, ich müßte das doch gewöhnt sein, und es sei zwar ein dunkler Tag gewesen, aber doch kein besonders unfreundlicher, und ich hätte doch auch etwas zu essen vorgefunden, Bratkartoffeln und sogar ein Stück Wurst. Von dem Stück Wurst spricht meine Mutter immer wieder, wenn die Rede auf diesen Unglückstag kommt, was jetzt noch ziemlich oft geschieht, und sie betont dann jedesmal, was für eine feine Wurst das gewesen sei, Kalbsleberwurst, sagt sie, zu einer Mark fünfzig das Viertelpfund, und in einer Tüte auf dem Küchenbüfett seien auch noch zwei Äpfel und eine Banane und ein paar Pfeffernüsse gewesen, und ich hätte doch immer von allem nehmen dürfen, niemand hätte mir deswegen jemals einen Vorwurf gemacht. Außerdem begreifen sie nicht, warum ich, wenn ich etwa Angst gehabt hätte so allein, nicht einfach wieder fortgegangen wäre; auf den Hof oder zu den Kindern im Parterre und sogar ins Kino hätte ich gehen dürfen, im Alhambra an der Ecke sei ein jugendfreier Film gelaufen, Taschengeld hätte ich ja genug, und sie hätten auch nichts dagegen gehabt.

Ja, natürlich, alles das hätte ich tun können, und ich hätte mich auch ins Bett legen können und schlafen, bis die Eltern von der Arbeit nach Hause kamen. Denn ich war ja an dem Nachmittag sehr müde, ich erinnere mich ganz deutlich, daß ich auf der Treppe ein paarmal gegähnt und mir dabei mit der Hand ganz rasch hintereinander auf den

Mund geschlagen habe, wobei man eine Reihe von komischen Tönen hervorbringen kann. Das Treppenhaus war ziemlich dunkel, wie immer um diese Jahreszeit, nur die Nixe in der Buntglasscheibe hat noch ein bißchen geleuchtet, so etwas hat man jetzt nicht mehr, aber unseres ist ein altes Haus. Es war auch ganz still, keiner, der hinauf- oder hinunterging, nur hinter der Tür rechts im zweiten Stock hat der Hund geknurrt. Du Scheißhündchen, habe ich gesagt, du Dreckshündchen, ganz leise, weil ich weiß, daß ihn das am meisten ärgert, und dann habe ich recht laut Wauwauwau gerufen und bin schnell weiter die Treppe hinaufgerannt, weil das ein furchtbar häßlicher, riesengroßer Hund ist, der sich unter Umständen aufrichten und die Türklinke herunterdrücken kann. An dem Tag ist er aber nicht aufgesprungen und hat auch nicht gebellt und gleich aufgehört zu knurren, und ich weiß noch, daß mir das nicht gefallen hat. Also habe ich wieder gegähnt und bin langsamer gegangen und habe dabei meine Jacke aufgeknöpft und den Hausschlüssel herausgezogen, den meine Mutter mir morgens an einem Wäscheband um den Hals hängt, obwohl ich ihn natürlich genausogut in die Hosentasche stecken könnte. Während ich aufgeschlossen habe und in den Flur getreten bin, habe ich gemerkt, daß es schlecht gerochen hat, und ich habe mir schon gedacht, daß wahrscheinlich wieder einmal niemand Zeit gehabt hat, die Betten zu machen vor dem Weggehen, und so war es auch, und das Frühstücksgeschirr hat noch auf dem Tisch gestanden, sogar die Butter und das Brot. Also habe ich zuerst die Butter in den Kühlschrank getan, und dann bin ich ins Schlafzimmer gegangen und habe die Leintücher ein bißchen zurechtgezogen und die Steppdecken darüber gelegt, weil ich weiß, daß mein Vater sich jedesmal ärgert, wenn er nach Hause kommt und es so unordentlich aussieht. Es hat auch schon ein paarmal Streit gegeben deswegen, und mein Vater, der sehr nervös ist, hat geschrien, aber meine Mutter hat nur gelacht und gesagt, ich kann ja auch zu Hause bleiben, und du wirst schon sehen, wie das ist, wenn sie uns die Musiktruhe und den Kühlschrank wieder wegholen, und wer hat durchaus den Wagen haben wollen, ich oder du? Und dann ist sie ganz freundlich geworden und hat meinen Vater gestreichelt und mich auch und hat gesagt, daß wir, wenn der Wagen erst da ist, alle drei zusammen in den Wald fahren werden und dort picknicken und »Verwechselt das Bäumchen« spielen und mit dem Fußball ihretwegen auch. Aber dazu ist es nie gekommen, weil sie, als sie den Wagen endlich gehabt haben, immer Freunde mitgenommen haben, Erwachsene, die keinen Schritt zu Fuß gehen wollten, und die Waldwege waren für die Autos gesperrt. Ich war aber darüber nicht sehr traurig, weil mir im Auto oft schlecht geworden ist. Ich habe mir nur immer gewünscht, daß meine Mutter wieder einmal krank wird, wie damals, als sie den schlimmen Fuß hatte, und ich ihr die Arnikaumschläge gemacht und den Kaffee ans Bett gebracht habe, und ich habe mir oft überlegt, wie ich es hinbringen könnte, daß sie sich einmal richtig den Magen verdirbt. Aber sie hat sich nie den Magen verdorben und immer ganz rosig ausgesehen, und sie hat auch oft gesagt, daß es ihr Spaß macht, ins Büro zu gehen, weil sie da unter Menschen wäre und weil sie es so langweilig fände, den ganzen Tag zu Hause zu sein. Sie ist auch gar nicht sehr müde am Abend und immer bereit, noch mit meinem Vater in ein Kino zu gehen. Nur die Gesellschaftsspiele mag sie nicht, und das Vorlesen sagt sie, strengt sie an, weil sie den ganzen Tag Gedrucktes und Geschriebenes vor Augen hat, und ich solle nur meine Bücher allein lesen, ich wäre ja jetzt schon ein großer Junge.

Ich bin auch schon groß, und natürlich kann ich meine Bücher allein lesen, und ich habe auch immer viel Schularbeiten zu machen, nur an dem gewissen Nachmittag, da hatte ich keine, weil zwei Lehrer fehlten. Aber dafür hatte ich die Betten zuzudecken, und als ich mit den Betten fertig war, hätte ich eigentlich mein Essen aufwärmen sollen, und sicher war ich auch hungrig, sonst hätte ich nicht so viel gegähnt. Aber ich habe plötzlich keine Lust mehr gehabt und nur ein paar Kartoffeln kalt in den Mund gesteckt, und dann habe ich gleich anfangen wollen zu spielen.
Alle Erwachsenen haben später wissen wollen, was ich am liebsten spiele, und es wäre ihnen recht gewesen, wenn ich gesagt hätte, mit der Feuerwehrleiter oder mit dem Puppenzimmer, in dem ein winziger Adventskranz mit richtigen kleinen Kerzen hängt, kurz mit irgend etwas, das mit Feuer zu tun hat oder mit Licht. Ich habe aber gesagt, mit meinen kleinen Autos, die ihre Garage unter dem Schrank haben, und der Parkwächter ist ein kleiner Soldat in einer braunen Uniform, den ich einmal in einer Trümmergrube gefunden habe, und jedesmal, wenn mein Vater ihn sieht, sagt er, schmeiß doch den verdammten SA-Mann weg. Aber ich behalte ihn, weil ich ihn gut brauchen kann und weil ich überhaupt nicht weiß, was ein verdammter SA-Mann eigentlich ist.
Natürlich habe ich an dem Nachmittag gar nicht mit meinen Autos spielen wollen, sondern mit meiner Familie, aber von der wissen meine Eltern nichts, und sie brauchen auch nichts von ihr zu erfahren, und die Lehrer auch nicht, und erst recht nicht der Arzt, den meine Eltern vor mir den Onkel Doktor nennen, obwohl sie ihn vorher nie gesehen haben und ihm gegenüber immer sehr verlegen sind. So, so, mit deinen Autos hast du gespielt, hat der sogenannte

Onkel Doktor gesagt und hat dabei ein merkwürdiges Gesicht gemacht, und ich habe genickt und ihn frech angesehen und mir gedacht, was er wohl zu meiner Familie sagen würde, nämlich dazu, daß mein Vater ein alter Fußball namens Popp und meine Mutter eine komische Puppe ohne Beine namens Mingel ist und daß sie außer mir noch zwei andere Kinder haben, von denen das eine eine alte Schachfigur und das andere ein eingeschrumpfter Luftballon ist. Diese ganze Familie halte ich in einer Schachtel in meinem Spielschrank versteckt, und wenn ich von der Schule nach Hause komme, hole ich sie heraus und setze sie auf ihre Plätze, und dann gehe ich noch einmal auf den Korridor und tue so, als ob ich gerade eben erst heimkäme, und sobald ich das Zimmer betrete, bricht meine Familie in lautes fröhliches Gelächter aus. Da ist ja auch unser Jüngster, sagt Popp, der im Lehnsessel liegt und ein freundliches Vollmondgesicht macht, und Mingel sagt, komm zu mir mein Söhnchen, und streckt ihre Arme aus, aus denen das Sägemehl quillt. Wie war es heute auf der Prärie, fragt mein Bruder Harry, das Schachpferd aus Elefantenzahn. Und ich sage, zünftig, und fange an zu erzählen, wie viele wilde Mustangs ich mit dem Lasso gefangen habe, und mache es so spannend, daß meine Schwester Luzia, der Luftballon, vor Aufregung zu wackeln beginnt. Jetzt mußt du aber etwas von dem guten Bärenschinken essen, sagt Mingel, und weil sie keine Beine hat, muß ich sie auf den Herd tragen, wo sie gleich anfängt, im Topf zu rühren. Inzwischen gehe ich mit meinem Bruder auf den Balkon und zeige ihm die Mondrakete, die gerade über die Häuser fliegt, und wir machen eine Wette, ob sie heute endlich hinkommen oder wieder vorher ausglühen wird. Dann schreiben wir unsere Namen auf kleine Zettel, das heißt, daß wir uns freiwillig melden, mit der nächsten Rakete auf den Mond zu fliegen.

Diese Zettel verstecken wir unter einem Blumentopf, weil Popp und Mingel immer so besorgt um uns sind und so etwas gar nicht erlauben würden. Den ganzen Tag sitzen sie zu Hause und warten auf uns, und wenn wir vom Balkon hereinkommen, fragen sie gleich, ob es nicht neblig draußen sei und ob wir uns auch nicht erkältet hätten. Ach, woher denn, sagen wir mit ganz rauher Stimme, erkältet, und setzen uns an den Tisch, und ich necke meine Schwester und sage, daß sie immer dünner wird und an Farbe verliert. Laß sie in Ruhe, sagt Popp, und dann überlegen wir uns, was wir jetzt machen wollen, und ich hole das Wettrennspiel aus dem Schrank.
Bei diesem Wettrennspiel will Mingel immer das weiße Pferd haben, aber sie hat nie Glück mit dem Würfeln, und ich muß es manchmal durch etwas Mogeln so einrichten, daß sie auch einmal gewinnt. Popp ist es egal, ob er gewinnt oder nicht, er ist immer rund und guter Laune, und sobald das Spiel zu Ende ist, rollt er in seinem Sessel herum und sagt, Mingel, wenn wir unsere Kinder nicht hätten. Und dann fängt Mingel ein bißchen an zu weinen, weil sie so rührselig ist, und Luzia muß sie trösten und mit ihr über die Weihnachtsplätzchen sprechen.
So war das alle Tage, wenn ich von der Schule nach Hause gekommen bin, und man wird ja verstehen, daß ich da nicht auf den Hof wollte oder zu den Kindern im Parterre, die so frech sind und sich fortwährend streiten und zu jedem Ding Scheiße und Bockmist sagen, ganz egal, was es ist. Und natürlich wollte ich auch nicht zu den Jungens, die immer zu meinem Fenster heraufpfeifen und höhnische Gesichter machen, weil ich nicht in ihre Bande eintrete und weil sie glauben, daß ich zu fein oder zu feige dazu bin. Ich bin aber gar nicht zu feige, ich habe nur bisher keine Lust gehabt, und die Zeit ist mir auch immer

ganz schnell vergangen, mitten in der schönsten Unterhaltung habe ich meine Mutter oder meinen Vater die Eingangstür aufmachen hören und habe nur noch in aller Eile meine Familie wegpacken und meine Schulbücher aufschlagen können. Aber an dem Nachmittag vor Allerseelen habe ich keine Bücher aufschlagen und meine Familie nicht in aller Eile verstecken müssen, weil sie nämlich schon vorher nicht da war, die ganze Familie, einfach nicht da.

Zuerst, als ich mich vor meinen Spielschrank hingehockt habe, um die Schachtel herauszuholen, und sie nicht gleich gefunden habe, habe ich gedacht, dann ist sie eben im unteren Fach oder im Kleiderschrank oder sonstwo, es mußte ja immer so schnell gehen, und es kommt vor, daß man gar nicht genau aufpaßt, was man tut. Es hat also eine große Sucherei angefangen, in den Schränken und unter den Schränken und schließlich auch auf den Schränken, wo ich gar nicht hinreichen konnte, und ich mußte mich mit meinen schmutzigen Schuhen auf den guten Seidenstuhl stellen, was meine Mutter nachher sehr aufgebracht hat. Schließlich bin ich wieder an den Spielschrank zurück, und da habe ich plötzlich die Pappschachtel gesehen, aber an einer ganz ungewohnten Stelle, und als ich sie aufgemacht habe, waren alte Dominosteine darin. Da ist mir ein furchtbarer Verdacht gekommen, und ich bin in die Küche gerannt und habe den Mülleimer aufgemacht, der ganz neu ist und bei dem man nur auf eine Art von Gaspedal zu treten braucht, damit der Deckel aufspringt. In dem Mülleimer war aber nichts, nur ein paar Kartoffelschalen und viel zerknülltes Seidenpapier, das habe ich herausgerissen und auf den Gasherd geworfen, und man hat mich nachher gefragt, warum, aber ich habe keine Auskunft gegeben. Ich habe an dem Nachmittag immer noch weiter gesucht;

wenn die Sachen nicht im Mülleimer waren, mußten sie doch noch irgendwo sein, irgendwo, das hieß, alle noch übrigen Schubladen aufziehen und alle Fächer durchwühlen, auch im Wäscheschrank und im Büfett, und sich immer mehr aufregen, viel mehr, als man sich eigentlich über einen alten Fußball, eine kaputte Puppe, eine Schachfigur und einen eingeschrumpelten Luftballon aufregen kann. Ja, das habe ich gleich gefühlt, daß es verrückt war, wie ich mich anstellte, und es ist mir auch einen Augenblick lang der Gedanke gekommen, ein paar andere Gegenstände Popp und Mingel und Harry und Luzia zu nennen und also gewissermaßen eine neue Familie zu gründen. Aber ich habe doch gleich gewußt, daß ich das nicht mehr tun würde, weil ich wahrscheinlich längst zu alt dafür war. Ich habe gewußt, daß ich fortan immer so allein sein würde, wie jetzt, als ich endlich mit dem Suchen aufhörte und in der Küche am Fenster stand; und weil ich gar nicht dazu gekommen war, Licht anzumachen, war es in der Wohnung schon dunkel und so entsetzlich öde und still. Ich habe auch schon geahnt, daß ich das nicht aushalten und wieder fortgehen würde, ins Kino an der Ecke, Taschengeld hatte ich ja genug, und wahrscheinlich würde ich auch jetzt nicht mehr nein sagen, wenn sie kämen und mich aufforderten, in die Bande einzutreten, obwohl die Jungen, die in der Bande sind, ganz stupide Sachen machen, Autoreifen aufstechen und Schaufenster kaputt schmeißen, mehr fällt ihnen nicht ein. Aber es konnte ja sein, daß man mit der Zeit auch daran Geschmack fand, und auf jeden Fall war man dann nicht mehr so allein.
Über das alles habe ich nachgedacht und bin da am Fenster stehengeblieben, neben dem Gasherd, und dabei ist mir eingefallen, daß ich das Gas anzünden könnte, alle vier Flammen, aber nicht, um mir endlich mein Essen warm zu

machen, nur so, zum Spaß. Ich habe also alle vier Deckel abgenommen und die Hähne ganz weit aufgemacht und angezündet, und die Flammen waren so hoch und lebendig und hell und warm, und ich habe mich gefreut und gedacht, daß man mit den Flammen vielleicht auch reden kann. Es ist nur eben leider noch das viele Seidenpapier aus dem Mülleimer auf dem Herd gelegen, und das muß Feuer gefangen und die Gardine angesteckt haben, jedenfalls hat die plötzlich in Flammen gestanden bis oben hinauf, und ich bin sehr erschrocken und habe geschrien. Mein Vater hat in demselben Augenblick die Wohnungstür aufgeschlossen, und das war noch ein Glück, nur daß dann eben hinterher die ganze Fragerei gekommen ist und die Sache mit dem Lehrer und die mit dem Doktor, so als ob ich nicht ganz normal wäre oder als ob ich einen Zorn auf meine Eltern gehabt hätte. Und dabei hat meine Mutter doch gar nicht wissen können, was sie da weggeworfen oder verschenkt hat, und überhaupt habe ich nichts gegen meine Eltern, sie sind, wie sie sind, und ich mag sie gern. Nur daß es eben gewisse Sachen gibt, die man ihnen nicht erzählen kann, nur aufschreiben und dann wieder zerreißen, wenn man allein zu Hause ist, und es wird schon dunkel, und unten pfeifen die Jungens von der Bande, und noch ein paar Minuten, dann macht man das Fenster auf und ruft, ich komme, und dann geht man die Treppe hinunter, die Hände recht forsch in den Hosentaschen, vorbei an der Nixe, die hat einem früher sehr gefallen, aber jetzt weiß man mit einem Mal, daß man kein Kind mehr ist.

Schneeschmelze

Die Wohnung lag im zweiten Stockwerk eines großen, hellen Mietshauses, auch die Zimmer waren hell und freundlich, blauer Linoleumbelag mit weißen Spritzern, Nußbaumschrank mit Vitrine, Sessel mit Schaumgummipolster, tomatenroter Bezug. Die Kücheneinrichtung noch altmodisch, aber frisch gestrichen, schneeweiß und gemütlich, mit Sitzbank und großem Tisch. Draußen war Tauwetter, der Schnee schmolz, tropfte von der Dachrinne, rutschte in dicken Paketen von der Schräge und stäubte am Fenster vorbei. In der Küche stand die Frau, als der Mann von der Arbeit heimkehrte. Es dämmerte schon, es war beinahe sechs Uhr. Sie hörte, wie er die Wohnungstür von außen mit seinem Schlüssel öffnete und sie dann von innen wieder abschloß, auf die Toilette ging, zurückkam, die Tür hinter ihrem Rücken öffnete und guten Abend sagte. Da erst nahm sie die Hände aus der Seifenbrühe, in der lange Strümpfe sich wie Aale wanden, spritzte die Tropfen von den Fingern, drehte sich um und nickte ihm zu.

Hast du die Tür abgeschlossen? fragte sie.

Ja, sagte der Mann.

Zweimal? fragte die Frau.

Ja, sagte der Mann.

Die Frau ging zum Fenster und ließ den Laden herunter. Mach noch kein Licht, sagte sie, es ist ein Spalt im Laden, wenn du ein Stück Pappe davornageln könntest, wäre es gut.

Du bist zu ängstlich, sagte der Mann.

Er ging hinaus und kam mit Handwerkszeug und einem

Stück grober Pappe zurück. Auf die eine Seite der Pappe war ein Bild geklebt, ein Neger mit einem roten Halstuch und blitzenden Zähnen, und der Mann nagelte die Pappe so an, daß man den Neger von innen sah. Er verrichtete seine Arbeit in dem bißchen Licht, das vom Korridor in die Küche fiel, und kaum daß er fertig war, ging die Frau hinaus, drehte draußen das Licht aus und schloß die Tür. In der Neonröhre über dem Herd zuckte und flimmerte es, plötzlich war der Raum strahlend hell, und der Mann ging an den Ausguß, wusch sich die Hände unter dem Wasserhahn und setzte sich an den Tisch.

Jetzt will ich essen, sagte er.

Ja, sagte die Frau.

Sie nahm aus dem Kühlschrank eine Platte mit Wurst, Schinken und Salzgurken und stellte eine Schüssel voll Kartoffelsalat dazu. Das Brot stand in einem hübschen geflochtenen Körbchen schon auf dem Tisch, auf einer Wachstuchdecke, die wie Leinen aussah und die ein Muster von kleinen, lustig bewimpelten Schiffen zeigte.

Hast du eine Zeitung? fragte die Frau.

Ja, sagte der Mann. Er ging wieder in den Flur hinaus, kam zurück und legte die Zeitung auf den Tisch.

Du mußt die Tür zumachen, sagte die Frau. Das Licht fällt durch die Glastür auf die Treppe, jeder kann sehen, daß wir zu Hause sind. Was steht denn in der Zeitung? fragte sie.

Es steht etwas darin von der Rückseite des Mondes, sagte der Mann, der die Tür zugemacht und sich wieder hingesetzt hatte und der nun anfing, Kartoffelsalat und Wurst zu essen. Auch über China etwas und über Algier.

Das will ich nicht wissen, sagte die Frau. Ich will wissen, ob die Polizei etwas tut.

Ja, sagte der Mann. Sie haben eine Liste angelegt.

Eine Liste, sagte die Frau höhnisch. Hast du Polizisten auf der Straße gesehen?
Nein, sagte der Mann.
Auch nicht vor dem Roten Bock an der Ecke?
Nein, sagte der Mann.
Die Frau hatte sich an den Tisch gesetzt, sie aß jetzt auch, aber wenig, und die ganze Zeit über horchte sie angestrengt auf jedes Geräusch, das von der Straße her drang.
Ich begreife dich nicht, sagte der Mann, ich wüßte nicht, wer uns etwas tun sollte, und warum.
Ich weiß schon wer, sagte die Frau.
Außer *ihm* wüßte ich niemanden, sagte der Mann, und *er* ist tot.
Ich bin ganz sicher, sagte die Frau.
Sie stand auf und räumte das Geschirr zusammen und fing auch gleich an, es abzuwaschen, wobei sie sich bemühte, so wenig Lärm wie möglich zu machen. Der Mann steckte sich eine Zigarette an und starrte auf die erste Seite der Zeitung, aber man konnte ihm anmerken, daß er nicht richtig las.
Wir haben ihm nur Gutes getan, sagte er.
Das will nichts heißen, sagte die Frau.
Sie nahm die Strümpfe aus der Schüssel, spülte sie aus und hing sie an hübschen blauen Plastikklammern über der Heizung auf.
Weißt du, wie sie es machen? fragte sie.
Der Mann sagte, nein, ich will's auch nicht wissen, ich fürchte mich nicht vor diesen Rotzkerlen. Ich will die Nachrichten hören.
Sie klingeln, sagte die Frau, aber nur wenn sie wissen, daß jemand zu Hause ist. Wenn niemand aufmacht, drücken sie die Glastüre ein, sie kommen ins Zimmer, mit dem Revolver in der Hand.

Hör auf, sagte der Mann. Hellmuth ist tot.

Die Frau nahm das Handtuch von einem Plastikhaken an der Wand und trocknete sich die Hände ab.

Ich muß dir etwas erzählen, sagte sie, ich habe es bisher nicht tun wollen, aber jetzt muß ich es tun. Damals, als ich von der Polizei abgeholt wurde...

Der Mann legte die Zeitung auf den Tisch und sah seine Frau erschrocken an. Ja? fragte er.

Sie haben mich in die Totenkammer geführt, sagte die Frau, und der Polizist hat angefangen, einen abzudecken, aber langsam, von den Füßen an.

Sind das die Schuhe Ihres Sohnes? hat er gefragt, und ich habe gesagt, ja, es sind seine Schuhe.

Ist es auch sein Anzug? hat der Polizist weiter gefragt, und ich habe gesagt, ja, es ist sein Anzug.

Ich weiß, sagte der Mann.

Ist es auch sein Gesicht? hat der Polizist am Ende gefragt und hat das Leinentuch ganz zurückgeschlagen, aber nur einen Augenblick, weil das Gesicht ganz zerstört war und weil er dachte, ich würde in Ohnmacht fallen oder schreien.

Ja, habe ich gesagt, es ist auch sein Gesicht.

Ich weiß, sagte der Mann.

Die Frau kam zum Tisch, setzte sich ihrem Mann gegenüber und stützte den Kopf auf die Hand.

Ich habe ihn nicht erkannt, sagte sie.

Er kann es aber gewesen sein, sagte der Mann.

Er muß es nicht gewesen sein, sagte die Frau. Ich bin nach Hause gegangen und habe dir gesagt, er war es, und du warst froh.

Wir waren beide froh, sagte der Mann.

Weil er nicht unser Sohn war, sagte die Frau.

Weil er war, wie er war, sagte der Mann.

Er starrte seiner Frau ins Gesicht, ein ewig junges, rundes, von Kräuselhaaren umgebenes, das sich urplötzlich verwandeln konnte in das einer ganz alten Frau.
Du siehst müde aus, sagte er, du bist nervös, wir sollten schlafen gehen.
Es hat keinen Zweck, sagte die Frau, wir können schon lange nicht mehr schlafen, wir tun nur so und machen ganz leise die Augen auf, und dann kommt der Morgen, und unsere leisen Augen sehen sich an.
Wahrscheinlich, sagte der Mann, sollte niemand ein Kind annehmen. Wir haben einen Fehler gemacht, aber jetzt ist es gut.
Ich habe den Toten nicht erkannt, sagte die Frau.
Er kann trotzdem tot sein, sagte der Mann, oder außer Landes, in Amerika, in Australien, weit weg.
In diesem Augenblick rutschte wieder ein großes Stück Schnee vom Dach und fiel auf das Straßenpflaster mit einem weichen, dumpfen Laut.
Erinnerst du dich an das Weihnachten mit dem vielen Schnee, sagte die Frau.
Ja, antwortete der Mann. Hellmuth war damals sieben Jahre alt. Wir haben ihm einen Rodelschlitten gekauft. Er hat noch viele andere Geschenke bekommen.
Aber nicht, was er wollte, sagte die Frau. Er hat alle Geschenke durcheinandergeworfen und gesucht und gesucht.
Schließlich hat er sich beruhigt und mit dem Baukasten gespielt. Er hat ein Haus gebaut, das weder Fenster noch Türen hatte, und eine hohe Mauer darum.
Im Frühjahr darauf hat er das Kaninchen erwürgt, sagte die Frau.
Sprechen wir von etwas anderem, sagte der Mann. Gib mir den Besen, damit ich den Stiel festmache.

Das macht zuviel Lärm, sagte die Frau. Weißt du, wie sie sich nennen?
Nein, sagte der Mann. Ich will es auch nicht wissen, ich will ins Bett gehen oder etwas tun.
Sie nennen sich die Richter, sagte die Frau.
Sie erstarrte und horchte, jemand kam die Treppe herauf, blieb einen Augenblick stehen und ging weiter, langsam, alle Stufen bis zum obersten Stock.
Du machst mich verrückt, sagte der Mann.
Als er neun Jahre alt war, sagte die Frau, hat er mich zum erstenmal geschlagen.
Erinnerst du dich?
Ich erinnere mich, sagte der Mann. Sie hatten ihn von der Schule gejagt, und du hast ihm Vorwürfe gemacht. Damals kam er in die Erziehungsanstalt.
In den Ferien war er bei uns, sagte die Frau.
In den Ferien war er bei uns, wiederholte der Mann. Ich ging einmal am Sonntag mit ihm zu den Teichen im Wald. Wir sahen einen Feuersalamander. Auf dem Heimweg schob er seine Hand in meine Hand.
Am Tag darauf, sagte die Frau, schlug er dem Sohn des Bürgermeisters ein Auge aus.
Er wußte nicht, daß es der Sohn des Bürgermeisters war, sagte der Mann.
Es war sehr unangenehm, sagte die Frau. Du hättest um ein Haar deine Stellung verloren.
Wir waren froh, als die Ferien vorbei waren, sagte der Mann. Er stand auf, holte eine Flasche Bier aus dem Kühlschrank und stellte ein Glas auf den Tisch. Willst du auch? fragte er.
Nein, danke, sagte die Frau. Er hat uns nicht liebgehabt.
Er hat niemanden liebgehabt, sagte der Mann, aber er hat einmal Schutz bei uns gesucht.

Er war aus der Anstalt ausgerückt, sagte die Frau. Er wußte nicht, wohin.
Der Direktor hat uns angerufen, sagte der Mann. Der Direktor war ein freundlicher, lustiger Herr. Wenn der Hellmuth zu Ihnen kommt, hat er gesagt, dann machen Sie ihm nicht auf. Er hat kein Geld und kann sich nichts zu essen kaufen. Wenn der Vogel Hunger hat, kommt er in den Käfig zurück.
Hat er das gesagt? fragte die Frau.
Ja, sagte der Mann. Er hat auch wissen wollen, ob der Hellmuth Freunde hat in der Stadt.
Er hatte aber keine, sagte die Frau.
Das war zur Zeit der Schneeschmelze, sagte der Mann. Der Schnee rutschte vom Dach und fiel in Klumpen auf den Balkon.
Wie heute, sagte die Frau.
Alles wie heute, sagte der Mann.
Alles wie heute, wiederholte die Frau, das Fenster verdunkelt, leise gesprochen, nicht zu Hause gespielt. Das Kind ist die Treppe heraufgekommen und hat geklingelt und geklopft.
Ein Kind war der Hellmuth nicht mehr, sagte der Mann. Er war fünfzehn Jahre alt, und wir mußten tun, was der Direktor sagte.
Wir hatten Angst, sagte die Frau.
Der Mann schenkte sich das zweite Glas Bier ein. Die Straßengeräusche waren beinahe verstummt, man hörte den Föhn, der in mächtigen Stößen aus dem Gebirge kam.
Er hat es gemerkt, sagte die Frau. Er war schon fünfzehn Jahre alt, aber er hat auf der Treppe geweint.
Das ist jetzt alles vorbei, sagte der Mann und fuhr mit der Spitze seines Mittelfingers auf dem Wachstuch herum, im-

mer zwischen den kleinen Schiffen, ohne eines zu berühren.
Auf der Polizei, sagte die Frau, war eine Zigeunerin, deren Kind da lag, überfahren, tot. Die Zigeunerin hat gebrüllt wie ein Tier.
Die Stimmes des Blutes, sagte der Mann spöttisch und machte ein unglückliches Gesicht.
Er hat doch einmal einen Freund gehabt, sagte die Frau. Es war ein kleiner, schwacher Junge. Es war der, den sie auf dem Schulhof an einen Pfahl gebunden haben. Sie haben das Gras um seine Füße angezündet, und weil es sehr heiß war, hat das Gras gebrannt.
Da siehst du es wieder, sagte der Mann.
Nein, sagte die Frau, Hellmuth war es nicht, und er war auch nicht dabei. Das Kind hat sich losreißen können, aber es ist später gestorben. Alle Jungen sind zu seiner Beerdigung gegangen und haben Blumen gestreut.
Der Hellmuth auch? fragte der Mann.
Der Hellmuth nicht, antwortete die Frau.
Er hatte kein Herz, sagte der Mann, und fing an, sein leeres Bierglas zwischen den Händen zu rollen.
Vielleicht doch, sagte die Frau.
Es ist so hell hier, sagte der Mann plötzlich. Er starrte auf die Neonröhre über dem Herd, und dann legte er seine Hand über die Augen und rieb mit den Fingern auf den geschlossenen Lidern herum.
Wo ist das Bild? fragte er.
Ich habe es in den Schrank gelegt, sagte die Frau.
Wann? fragte der Mann.
Schon lange, antwortete die Frau.
Wann genau? fragte der Mann wieder.
Gestern, antwortete die Frau.
Also hast du ihn gestern gesehen? sagte der Mann.

Ja, sagte die Frau rasch, wie erlöst. Er stand an der Ecke, beim Roten Bock.
Allein? fragte der Mann.
Nein, sagte die Frau, mit ein paar Burschen, die ich nicht kannte. Sie standen zusammen, die Hände in den Hosentaschen, und sprachen nichts.
Dann hörten sie etwas, was ich auch hörte, einen langen, scharfen Pfiff, und plötzlich waren sie alle verschwunden, wie vom Erdboden verschluckt.
Hat er dich gesehen! fragte der Mann.
Nein, antwortete die Frau. Ich stieg aus der Elektrischen, und er drehte mir den Rücken zu.
Vielleicht war er es nicht, sagte der Mann.
Ich bin nicht ganz sicher, sagte die Frau.
Der Mann stand auf, reckte sich, gähnte und stieß ein paarmal mit dem Fuß gegen das Stuhlbein.
Das ist es, warum man keine Kinder annehmen soll. Man weiß nicht, was in ihnen steckt.
Man weiß von keinem Menschen, was in ihm steckt, sagte die Frau.
Sie zog die Tischschublade ein Stück heraus, fuhr mit der Hand darin herum und legte eine Rolle schwarzen Faden und eine Nähnadel auf den Tisch.
Zieh deine Jacke aus, sagte sie. Der obere Knopf ist lose.
Während der Mann seine Jacke auszog, beobachtete er, wie sie versuchte, die Nadel einzufädeln. Es war sehr hell in der Küche, und die Nadel hatte ein großes Öhr. Aber ihre Hände zitterten, und es gelang ihr nicht. Er legte die Jacke auf den Tisch, und die Frau saß da und versuchte immer weiter, die Nadel einzufädeln, und es gelang ihr nicht.
Lies mir etwas vor, bat die Frau, als sie bemerkte, daß er sie nicht aus den Augen ließ.
Aus der Zeitung? fragte der Mann.

Nein, sagte die Frau. Aus einem Buch.
Der Mann ging in das Wohnzimmer hinüber und kam gleich mit einem Buch zurück. Während er es auf den Tisch legte und in seinen Taschen nach der Brille suchte, hörten sie beide vor dem Fenster die Katze schreien.
Da kommt sie endlich heim, die Herumtreiberin, sagte der Mann, stand auf und versuchte den Rolladen ein Stück heraufzuziehen, aber weil er die Pappe dagegen genagelt hatte, bewegte sich der Laden nicht.
Du mußt die Pappe wieder abmachen, sagte die Frau.
Der Mann holte eine Zange und zog die Nägel aus der Pappe. Er zog den Laden herauf, und die Katze sprang mit einem Satz vom Fensterbrett und huschte wie ein kohlschwarzer Schatten in der Küche umher.
Soll ich die Pappe wieder annageln? fragte der Mann, und die Frau schüttelte den Kopf. Lies jetzt bitte, sagte sie.
Der Mann nahm die Pappe mit dem Neger und stellte sie gegen den Kühlschrank, und der Neger grinste ihn von unten an. Dann setzte er sich hin und zog seine Brille aus dem Futteral.
Miez, sagte er, und die Katze sprang ihm auf den Schoß und schnurrte, und er fuhr ihr mit der Hand über den Rücken und sah plötzlich ganz zufrieden aus.
Lies bitte, sagte die Frau.
Von Anfang an? fragte der Mann.
Nein, sagte die Frau, irgendwo. Schlag das Buch in der Mitte auf und lies irgendwo.
Das hat doch keinen Sinn, sagte der Mann.
Das hat doch einen Sinn, sagte die Frau. Ich will wissen, ob wir schuldig sind.
Der Mann setzte die Brille auf und schlug viele Seiten des Buches um. Es war irgendeines, das er im Dunkeln gegriffen hatte, viele Bücher besaßen sie nicht. Ich aber, las er

langsam und schwerfällig, erblickte ihn jetzt fast mit Entsetzen, denn seine regelmäßigen, aber starken Züge, die schwarzen, in die Stirne fallenden Locken, die großen Augen, die mit kalten Flammen leuchteten, alles sah ich später lange noch einem gemalten Bilde gleich vor mir. Er las noch ein paar Worte weiter und dann ließ er das Buch auf den Tisch sinken und sagte, daraus erfahren wir nichts. Nein, sagte die Frau und hielt wieder die Nadel mit der linken Hand gegen das Licht und fuhr mit dem schwarzen Fadenende in ihrer Rechten an dem Nadelöhr vorbei.
Warum willst du es durchaus wissen? fragte der Mann, jeder Mensch ist schuldig und nicht schuldig, darüber nachzudenken, hat keinen Zweck.
Wenn wir schuldig sind, sagte die Frau, müssen wir jetzt den Laden aufziehen, damit jeder von weitem sieht, daß wir zu Hause sind. Wir müssen auch das Licht im Vorplatz brennen lassen und die Wohnungstür aufmachen, damit jeder ungehindert eintreten kann.
Der Mann machte eine Bewegung des Unmuts, und die Katze sprang von seinem Schoß und glitt in die Ecke neben den Mülleimer, wo ein Schüsselchen mit Milch für sie stand. Die Frau versuchte nicht mehr zu fädeln, sie hatte den Kopf auf den Tisch, auf die Jacke ihres Mannes gelegt, und es war jetzt so still, daß sie beide hören konnten, wie die Katze in ihrer Ecke leckte und trank.
Möchtest du das? fragte der Mann.
Ja, sagte die Frau.
Auch die Wohnungstür? fragte der Mann.
Ja, bitte, sagte die Frau.
Du bist doch gar nicht sicher, daß er es war, an der Ecke beim Roten Bock, wandte der Mann noch ein. Aber er stand dabei schon auf und zog den Rolladen hoch, ganz bis obenhin, und dabei bemerkte er, daß alle anderen Lä-

den heruntergelassen waren und daß nun der Schein des Neonlichtes wie das weiße Feuer eines Leuchtturms hinausstrahlte in die Nacht.

Es ist doch möglich, sagte er, daß es der Hellmuth war, der damals bei der Messerstecherei umgekommen ist, und dem man das Gesicht zertreten hat.

Ja, das ist möglich, sagte die Frau.

Ja, und? fragte der Mann.

Das tut nichts zur Sache, sagte die Frau.

Der Mann ging auf den Vorplatz und drehte dort das Licht an und dann schloß er die Wohnungstür auf. Als er zurückkam, hob die Frau ihr Gesicht aus dem kratzigen Jakkenstoff, sie hatte das Fischgrätenmuster auf der Backe und lächelte ihn an.

Jetzt kann jeder herein, sagte er unzufrieden.

Ja, sagte die Frau und lächelte noch liebevoller.

Jetzt, sagte der Mann, braucht sich niemand mehr die Mühe zu machen, die Glastür einzuschlagen. Jetzt können sie plötzlich in der Küche stehen, mit dem Revolver in der Hand.

Ja, sagte die Frau.

Und was tun *wir* jetzt? fragte der Mann.

Wir warten, sagte die Frau.

Sie streckte die Hand aus und zog den Mann neben sich auf die Bank. Der Mann setzte sich und zog seinen Rock an, und die Katze sprang ihm auf den Schoß.

Jetzt kannst du auch das Radio andrehen, sagte die Frau.

Der Mann hob die Hand zum Büfett und drückte eine Taste herunter, und an dem Apparat leuchtete das grüne Auge und die Ortsnamen wurden hell. Es kam eine Musik, die sehr fremdartig und eigentlich gar nicht wie Musik klang, und an jedem andern Abend hätte der Mann jetzt sofort den Knopf nach rechts oder nach links gedreht, aber heute war es ihm gleichgültig, er rührte sich nicht. Auch die Frau rührte sich nicht, sie hatte ihren Kopf an des Mannes Schulter gelegt und machte die Augen zu. Auch der Mann machte die Augen zu, weil ihn das Licht blendete und weil er sehr müde war. Verrückt, dachte er, da sitzen wir im Leuchtturm und warten auf die Totschläger, und dabei war es vielleicht gar nicht der Junge, vielleicht ist der Junge tot. Er merkte schon, daß seine Frau am Einschlafen war und nahm sich vor, sobald sie schlief, aufzustehen und den Laden herunterzulassen und die Tür zu verschließen. Sie hatte aber schon lange, viele Jahre nicht, so an seiner Schulter geschlafen, sie tat es auf dieselbe Art und Weise wie früher und war überhaupt dieselbe wie früher, nur das Gesicht ein bißchen zerknittert, aber das Gesicht und den weißen Haaransatz sah er jetzt nicht, und weil alles so war wie früher, tat es ihm leid, seine Schulter wegzuziehen, es war auch möglich, daß sie dabei aufwachte und alles von neuem begann. Von neuem, dachte er, von vorne, wir wollten doch ein Kind haben, immer habe ich mir ein Kind gewünscht, und wir bekommen keines, da, Schwester, das Lockenköpfchen in der dritten Reihe, und kommt nicht jemand die Treppe herauf, ein Junge? Nicht aufmachen, sagt der Direktor, also still, ganz still. Still, ganz still, wir haben ihn nicht liebgehabt, aus dem Lockenköpfchen ist ein wildes Tier geworden, hereinspaziert, meine Herren, alle Türen sind offen, schießen Sie, meine Frau will es nicht anders, und es tut nicht weh. Es tut nicht weh, sagte er, halb im Schlaf schon, unwillkürlich laut, und die Frau schlug die Augen auf und lächelte und dann schliefen sie beide und merkten nicht, wie später die Katze von seinem Schoße sprang und durch das angelehnte Fenster hinausschlüpfte, wie der Schnee vom Dach rutschte und der warme Wind das Fenster bewegte und wie endlich die Morgendämmerung kam. Sie schliefen, gegeneinandergelehnt, tief und ruhig, und niemand kam, sie zu töten, es kam überhaupt niemand, die ganze Nacht.

Die späten Abenteuer

Als ob es für einen alten Mann keine Abenteuer mehr gäbe. Das eine vor allem: fortziehen, wohin, über die Grenze, die Grenzen sind offen, die Kinder sind versorgt. Irgendwo leben, wo man die Peterskuppel sehen kann, etwas Gewaltiges ist die Peterskuppel, ein Stück Himmelsarchitektur, über der Erde schwebend und eigentlich gar nicht in Verbindung mit der Kirche, in die man nicht gehen mag, weil sie etwas für Fremde und für Bettler ist. Hoch oben wohnen, es werden jetzt so hohe Häuser gebaut, einen Aufzug gibt es immer, wenn auch einen klapprigen mit erschreckenden Geräuschen, aber das Drahtseil hält. Das oberste Stockwerk heißt *attico* und ist ein Häuschen auf dem flachen Dach, mit Terrassen auf drei Seiten, wer Geld hat, kann sich dort einen Garten anlegen, Rosen, Oleander, Gelsominen, wie an den Brunnen von Palermo, die duften süß. Ehe man dort hinzieht, verkauft man alles Angeschwemmte, behält nur das Liebste, drei Regale voll Bücher, einen chinesischen Seidenstoff mit Sonnen und Vögeln, glänzend und schwebend, und einen riesigen, festen Tisch. Eine Hilfe sollte man haben, wenn man ein Mann ist und allein und alt. Aber die alten Frauen, die zu alten Männern in Dienst gehen, die mag man nicht, die mochte er nicht, der alte Herr Seume, der seit einigen Jahren auf einem der sieben Hügeln Roms wohnte und auf die Peterskuppel hinübersah. Also suchte er einen Mann, der Diener und Koch war in einer Person, und fand ihn auch. Roberto, einen hochfahrenden jungen Menschen, der sich auf Kosten des Herrn gleich drei Hilfskräfte hielt, die aber der Herr nicht zu sehen bekam, nur früh und spät forthuschen sah, wie Hühner verscheucht. Roberto, der die Besucher des alten Herrn Seume so unterschiedlich behandelte, die hochmütigen, unwirschen wie Fürsten und die freundlichen, hilfreichen wie Dreck. Roberto, der sich auf die feine Küche verstand, auch aufs Anrichten, schön und zierlich, nur daß der alte Herr Seume bald nach seinem Einzug in das Himmelsquartier Diät halten mußte, seines Magens wegen, der manchmal heftig schmerzte, aber auch weil der Blutdruck zu hoch war und Schwindel verursachte und seltsame Zustände von Benommenheit und Angst. Also war es bald aus mit den Speisen, mit denen Roberto sich eingeführt hatte, der Hummermayonnaise und den kleinen, goldgelben *Vol au vents* mit der negerbraunen glänzenden Schokoladencreme als Füllung und dem Häufchen Schlagrahm als Hut. Ein junger Krieger, dachte Herr Seume, wenn Roberto ihm servierte, in der Livree, die aus Botschafterzeiten stammte und glitzernde Epauletten hatte wie eine Uniform. Ein junger Krieger, der Grießbrei anbietet, aber doch ein Soldat, und der Grießbrei ist seine Waffe und eine tödliche zuletzt. Denn der alte Herr Seume wollte nicht wahrhaben, daß sein Hausarzt, ein liebenswürdiger Tiroler, der mit ihm ermunternde Späße trieb, solcher Kost das Wort redete, ja, den Roberto beim Kommen und Gehen jedesmal zur Strenge ermahnte. Roberto war an allem schuld, Roberto, der seinen Launen so freien Lauf ließ, Roberto, der so schön singen konnte, nachts auf der Terrasse, aber von Herrn Seume befragt, stritt er es ab, und weil Herr Seume einmal durch die Läden gespäht und eine dem Diener ähnliche Gestalt dort draußen hatte stehen sehen, glaubte er, daß Roberto einen Zwillingsbruder hätte, der manchmal in der Nacht zu Besuch käme, ihn in den Schlaf zu singen, zwei schöne Brüder, Hypnos und Thanatos, und Roberto

war Thanatos, der Tod. Nicht daß Herr Seume ständig so überschwenglich an seinen Diener gedacht hätte, er hatte viel Ärger mit ihm und beklagte sich auch bei seinen Freunden über ihn und nahm sich vor, ihn zu entlassen und einen anderen zu suchen, nur daß er dazu schließlich doch keine Lust hatte und auch keine Zeit.
Denn mit der Zeit, die der alte Herr Seume nach Ansicht all seiner Bekannten so reichlich zur Verfügung hatte, stand es in Wirklichkeit ganz anders, nämlich schlecht, und schlechter mit jedem Tag. Sie zerrann ihm zwischen den Fingern, gleich nachdem das Frühstück abgetragen war, brachte Roberto schon das Mittagessen, und nur ein paar Worte standen in frischer Tinte auf dem Papier, das heißt auf einem der zahllosen kleinen Zettel, die Herrn Seumes riesigen Schreibtisch bedeckten. Zwischen dem Frühstück und dem Mittagessen war ein schwarzes Loch, in dem die großen blütenartigen Sonnen von dem chinesischen Wandbehang langsam auf und nieder schwebten, sonst nichts. Es kam aber auch vor, daß Herr Seume den ganzen Tag wach, ja, überwach war und daß er, den Kopf dicht aufs Papier gebeugt, schrieb und schrieb, lauter neue blitzende Gedanken über die Wesensart und das Verhalten der Menschen, Gedanken, die wohl wert gewesen wären, gedruckt zu werden, nur daß Herr Seume sie am Abend, wenn er das Geschriebene überlesen wollte, nicht mehr auffaßte, ja, manchmal keinen einzigen Satz mehr verstand. Das waren die Abende, an denen Herr Seume auf seiner breiten, langen Terrasse auf und ab ging und die neuen Schößlinge seiner gelben Rosen betrachtete, und wenn dann ein Besucher kam und den herrlichen Ausblick auf die schwarzen Pinien und die Peterskuppel rühmte, deutete Herr Seume auf den Platz, der tief unten lag, und sagte, es zieht hinunter, und machte die sonderbare ner-

vöse Grimasse, die er sich in der letzten Zeit angewöhnt hatte und die manchmal einem unangebrachten Lächeln, manchmal aber auch einem teuflischen Grinsen glich. Nun muß man jedoch nicht denken, daß diese Geschichte damit endet, daß man den alten Herrn Seume eines Tages zerschmettert dort unten fand. Seine Tage waren gezählt, aber es war in diesen gezählten Tagen noch etwas verborgen, wie ein Goldstück in einem Wunderknäuel, ein Erlebnis, das sichtbar wird, wenn sich die Tage abspulen, und das taten sie im Falle des alten Herrn Seume, von einem gewaltsamen Durchschneiden des Lebensfadens konnte die Rede nicht sein. Das Erlebnis stand im rechten Gegensatz zu der strengen Zucht und dem finsteren Wesen des schönen Roberto, es war heiter, rund und durchaus weiblich und hatte mit guten, fetten Speisen und starkem rotem Wein zu tun. Es begann an einem Sonntag, als Roberto Ausgang hatte und Herr Seume den Entschluß faßte, das karg diätetisch hergerichtete Abendmahl kurzerhand in die Toilette zu schütten und auswärts essen zu gehen, freilich nicht mit dem Taxi in die Stadt hinunter, sondern zu Fuß in eines der Gartenrestaurants in der Nähe, das sich eines guten Rufs erfreute. Eine junge Frau bediente ihn da und tat es ihm an, da sie ernste Augen und ein fröhliches, sinnliches Lachen hatte und ihn versorgte wie eine Tochter, wie seine Tochter, die weit fort ihr eigenes Leben hatte. Auch die hübsche Caterina hatte ihr eigenes Leben und ihre eigenen Sorgen, an denen sie Herrn Seume teilnehmen ließ, nicht gleich am ersten Abend, aber an manchen folgenden, die Herr Seume unter dem Vorwand, eingeladen zu sein, in dem von Pinien beschatteten Wirtshausgarten verbrachte. Caterina, die, von ihrem Geliebten verlassen, bei dem Onkel Gastwirt aushalf, setzte sich zu ihm an den Tisch, legte die Serviette über seine Knie und schenkte den verbotenen Wein ein, den er, da seine Hände leicht zitterten, sonst verschüttet hätte. Hatte sie zu tun, schickte sie ihr Söhnchen, das Kind der Liebe, dessen ernsthafter Eifer den alten Mann rührte und mit dem er phantastische Späße trieb, wie er es mit den eigenen Enkeln nie getan hatte – erst der Unvernunft des hohen Alters gelingt es, den größeren Bogen zu schlagen. Von Caterina wurde er als Mann und Berater genommen, ohne Berechnung auch als ein Geschenk des Himmels, da er ihre Rechnungen bezahlte und ihr kleine Geschenke gab. Von der Gesundheit des Herrn Seume war hier nicht die Rede, oder doch nur auf die einfache, volkstümliche Weise, nach der ein kräftiges Essen, ein feuriger Wein Hilfsmittel für alles, Leibes- und Seelennöte, sind. Weißen harten Fenchel, im Wasser schwimmend, aß Herr Seume, Nudeln in hitziger roter Sauce, Leber mit Speckstückchen, gebraten am Spieß. Man wußte nichts von seinen Leiden, konnte sie nicht einmal ermessen, und Caterina, hätte sie ihn am Schreibtisch sitzen und Unsinniges und Tiefsinniges mühsam zu Papier bringen sehen, hätte auf jeden Fall die tiefste Ehrfurcht empfunden. In ihrer Gegenwart fühlte Herr Seume sich jung und gesund, die merkwürdigen Zustände, die solchen Gelagen folgten, nahm er leicht, fast als Zeichen der Genesung, hin. Eines Abends, als das blasse Kind um seinen Teller ein Papierschiffchen wie um eine runde Insel schob, kam ihm ein Gedanke, der ihn entzückte. Möchtest du verreisen, fragte er, und der Bub ließ das Schiffchen sogleich stehen und starrte ihn überwältigt an. Eine Wallfahrt, fragte er, Tre Scaline? Madonna di Pompei? Dort war die Mutter einmal gewesen und hatte dem Kinde viel erzählt, auch von der großen Stadt Neapel und den Schiffen, die im Hafen vor Anker liegen. Keine Wallfahrt, sagte Herr Seume erregt und dachte im geheimen, eine Wallfahrt doch, aber eine heidnische, zu den griechischen Inseln, die, Wunder über Wunder, auftauchen und näher-gleiten auf dem gefährlich schwankenden Meer. Eine solche Reise mit Caterina und dem Knaben zu machen, erschien ihm plötzlich unsagbar begehrenswert, schon zeichnete er auf die Speisekarte mit unsicherer Hand und recht im Zickzack die Schiffsroute, Thasos, Lindos, Mykonos, Santorin, Samothrake, Kos. Er sagte Caterina noch nichts von seinen Plänen, erst mit den Fahrkarten in der Hand wollte er sie überraschen, sie auch dann erst loskaufen von ihrer übernommenen Pflicht. Er verabschiedete sich und ging heim, wo er zu seinem Verdruß Roberto schon antraf, der ihn mit strengen Blicken musterte, auch später nicht zu Bett ging, sondern sich unter allerlei Vorwänden immer wieder ins Zimmer schlich, wo Herr Seume noch um Mitternacht stand und, sonderbare Namen vor sich hin murmelnd, den Diener anstarrte mit glasigem Blick. Als er endlich zu Bett lag, hörte Herr Seume auf der Terrasse draußen wieder einmal Singen und dachte, der unverschämte Kerl, er behält seinen Bruder über Nacht hier, aber ohne Zorn. Am nächsten Morgen ließ er ein Taxi kommen und fuhr zum Bahnhof Termini, wo die schöne Schwingung der Vorhalle den Ankommenden wie eine starke und sanfte Welle in die Stadt hineinträgt wie auf einen ewig heimatlichen Strand. Den alten Herrn Seume berührte die Schwinge nicht, ihn trug es hinaus, und so reisesüchtig war er mit einemmal, daß er sich an seinem eigentlichen Ziel, dem Büro für Zug- und Schiffsreisen, vorbeischieben ließ, den Bahnsteigen zu. Von seiner hohen, stillen Dachterrasse mit ihrer reinen Luft in das stinkende, schreiende, wirbelnde Menschengewühl wie aus dem Himmel auf die Erde, wie aus dem Tod ins Leben versetzt, ließ er sich puffen und stoßen und empfand all dies nicht als lästig, sondern wie eine Befreiung, ein Aufgenommenwerden im Greifbaren und Begreiflichen, dem er sich sein Leben lang ferngehalten hatte. Durch Zufall von einer Schar junger Fußballspieler umringt, nickte er freundlich nach allen Seiten, sein nervöses Gesichtszucken stellte sich auch ein und wurde als spaßhafte, vielleicht sogar anzügliche Gebärde gedeutet, auch wurde Herr Seume als Fremder sogleich erkannt und gutmütig aufs Korn genommen, endlich auch zum Sitzen aufgefordert, da man sich, geschoben und gezerrt, gerade bei den Eisenstühlchen und Tischchen der Bar befand. Auf ein solches kaltes Stühlchen ließ sich der alte Herr Seume, vielleicht schon von einer leichten Schwäche überkommen, nun tatsächlich fallen, wonach die jungen Leute, in der Hoffnung, von dem reichen Amerikaner reich bewirtet zu werden, anfingen, ihn auf spaßhaft übertriebene Weise zu bedienen. Der alte Herr Seume sah die jungen Gesichter sich zugeneigt und hinter ihnen die leuchtenden Buchstaben, die auftauchten und verschwanden, und die Räder, die sich drehten, und jenseits der Sperre die Züge, die hereinkamen und wieder fortglitten. Er hörte das ungeheure Getöse des großen Bahnhofs und spürte, wie ein jäher Frühlingsduft von blühenden Mimosen den Dunst von Schweiß und Zigarettenrauch, von Gebratenem und Gebackenem durchdrang. Wohin reisen Euer Exzellenz, riefen die jungen Männer, und wieder zeichnete Herr Seume mit zitternden Fingern, aber schwungvoll die Schiffsroute, Thasos, Lindos, Mykonos, Samothrake, Kos. Mittendrin sprang er auf und wollte zur Kasse, einen großen Geldschein wie ein Fähnchen in der Hand schwingend. Da warf ihn der Schwindel zwischen die Tische und Stühle, wo ihn ein paar der fröhlichen Knaben, die ihm dienstfertig nachgelaufen waren, gerade noch auffangen konnten, ehe er sich das Gesicht zerschlug. Ein Sofa gab es weit und breit nicht, auch keine Bank, auf der Herr Seume sich hätte ausstrecken können, also saß er gegen die Leiber der Fußballer wie gegen eine lebendige Mauer gestützt auf einem der Eisenstühlchen und kam langsam so weit zu sich, daß er seine Adresse nennen und ein Taxi besteigen konnte. Den großen Geldschein hatte ein Junge aufgefangen, hatte die Rechnung bezahlt und den genauen Rest dem Herrn Seume wieder in die Tasche geschoben, nun winkten sie alle beim Abschied, ein wenig betroffen, weil sie plötzlich einsahen, wer sie bewirtet hatte, das Alter, vielleicht der Tod. Einer noch schwang sich im letzten Augenblick auf das Trittbrett und zum Fahrer, brachte Herrn Seume auf den Hügel und ins Himmelsquartier, wurde aber von Roberto mit so unverhohlenem Mißtrauen empfangen, daß er sich bald entfernte, was Herrn Seume nur recht war, so wenig wie möglich von seinem Abenteuer sollte Roberto zu Ohren kommen. Der fragte nicht viel, er brachte seinen Herrn zu Bett und telefonierte mit dem Arzt, der dann noch in der Nacht seinen Besuch machte und Herrn Seume das Ausgehen auf ungewisse Zeit verbot.

Herr Seume war darüber weniger ungehalten, als man hätte annehmen können. Auf ungewisse Zeit – ach, die Zeit des Herrn Seume war schon von sich aus eine ungewisse, die mit Morgen und Abend, Tag und Nacht willkürlich umsprang und die nun schon manchmal bei hellem Tageslicht Robertos Zwillingsbruder auf der Terrasse singen ließ. Roberto freilich wollte es nicht wahrhaben, er blickte Herrn Seume streng an und sagte, es sei niemand draußen und niemand in der Wohnung, der Arzt habe jeden Besuch verboten. In der Tat hörte der Herr mehrmals, wenn es geschellt hatte, an der Eingangstür leise und heftig sprechen, und einmal kam es ihm in den Sinn, Caterina sei es, die da Einlaß begehrte, er glaubte ihre Stimme zu hören, und nun war er mit einemmal wieder zu Hause, fuhr nicht mit einer andern traumhaften Caterina von Insel zu Insel, schüttelte nicht für ein traumhaftes Söhnchen Schmetterlinge vom Baum. Er stand auf und schlich sich auf die Terrasse, wobei ihn von neuem ein heftiger Schwindel überkam. Dort unten aber trat Caterina aus dem Haus, sie hatte das Kind nicht bei sich, ganz klein und verloren, ein fernes Figürchen, stand sie in der grellen Mittagssonne und hob jetzt den Blick, und Herr Seume beugte sich über die Brüstung und bewegte seinen weißen Kopf rätselhaft hin und her. Da winkte Caterina nur schnell und lief fort, quer über den Platz und um die Ecke und sah auch nicht mehr zurück, vielleicht aus Besorgnis, Herr Seume möge sich allzuweit vorbeugen und das Gleichgewicht verlieren. Das Gleichgewicht aber meinte Herr Seume nun gerade wiedergewonnen zu haben, den Sinn für oben und unten und für heute und morgen, und heute wollte er noch zu Hause bleiben und den Roberto mit großer Fügsamkeit in Sicherheit wiegen, aber morgen ihn mit einem Auftrag fortschicken und seinerseits das Haus verlassen. Bei diesem Gedanken wurde Herr Seume so guter Laune, daß er sich an seinen Schreibtisch setzte, wo Roberto die zahllosen, von Herrn Seume in der letzten Zeit mit kleiner, feiner Schrift bedeckten Zettel auf mehrere Haufen geschichtet hatte, und diese Zettel nahm Herr Seume nun zur Hand und las und verstand alles und wunderte sich, was das für Gedanken waren, klarere, kühnere als je zuvor. Über den Tisch gebückt, laut vor sich hinredend, fand ihn Roberto und trieb ihn ins Bett zurück, wo Herr Seume die Zettel verstreute und über ihnen einschlief, ein begeistertes Lächeln auf dem Gesicht. Am nächsten Morgen erinnerte er sich sehr wohl seines Vorhabens, er schrieb, aber erst am Nachmittag, ein winziges Briefchen an eine sehr weit entfernt wohnende Bekannte und schickte Roberto damit auf den Weg. Roberto ging gutwillig, aber als er fort war und Herr Seume sich anziehen wollte, stellte sich heraus, daß Roberto den Kleiderschrank abgeschlossen und den Schlüssel versteckt oder mitgenommen hatte und daß auch Herrn Seumes Hausschlüssel, die auf der Kommode im Korridor ihren bestimmten Platz hatten, fehlten. Herr Seume dachte nicht daran, sich zufriedenzugeben, auch einen Roberto kann man überlisten, auch einen Engel mit einem flammenden Schwert. In einem Mottenkoffer in der Besenkammer waren noch alte Kleider, von denen Roberto nichts wußte, besonders ein uralter, sehr langer Mantel, der den Schlafanzug völlig bedeckte, und auch ein altes lächerliches Jägerhütchen, von dem Herr Seume sich nie hatte trennen können. In dem grauen, schon zerlöcherten Mantel, das staubige Hütchen auf dem Kopf, ging Herr Seume die Treppe hinunter, ja, zu Fuß all die vielen Treppen, weil er für die Fahrstuhltür keinen Schlüssel hatte. Er ging am Fenster des Portiers vorüber, der mochte ihn für einen Bettler halten und schalt hinter ihm her. Weil Herr Seume nicht erkannt sein wollte, trat er rasch auf den Platz hinaus, wo die Nachmittagssonne glühte, ein wenig zu rasch, und schon schwindelte ihm wieder, und er war geblendet und schlug eine falsche Richtung ein. Er merkte es auch gar nicht, so schwer war das Zufußgehen, so ungewohnt war es ihm, all die heftigen Geräusche zu bestehen. Die Straße trug ihn bergauf, dann wieder bergab, an Gartenmauern hin, bergab hätte es nicht gehen dürfen, und Herr Seume dachte einen Augenblick daran, zu fragen, nur wußte er plötzlich nicht mehr, was er fragen sollte und was eigentlich sein Ziel gewesen war. Ein klappriges Taxi fuhr

an ihm vorüber und hielt an, und der Fahrer beugte sich heraus und forderte ihn auf, einzusteigen, er suche keine Kundschaft mehr, er führe nach Hause. Daß der zerlumpte Alte, statt sich zu ihm nach vorn zu setzen, die hintere Tür öffnete und sich wie ein großer Herr in die Polster fallen ließ, belustigte den Fahrer sehr; wohin befehlen? spottete er, nach San Pietro, und behandelte Herrn Seume wie einen vornehmen Fremden, der nichts weiß und nichts versteht. Herr Seume war froh, zu sitzen, er nickte, und sein Gesicht verzog sich zu der alten Grimasse, die der Fahrer für ein spaßhaftes Einverständnis nahm. So machte er auch weiterhin den Fremdenführer, sagte Porta San Pancrazio und Garibaldi, und schon waren zur Seite kleine Gärten mit Bambus und grünem Salat. Der Wagen rollte jetzt im Leerlauf im tollsten Tempo bergab, hielt mit einem Ruck beim roten Licht und fuhr dann, während rechts der Tunnel wie ein Höllenrachen gähnte, wirklich auf die mächtigen abendlichen Kolonnaden der Peterskirche zu.
Herr Seume griff in die Tasche, er hatte kein Geld, daß er so erstaunt immer weiter danach suchte, nahm der Fahrer als den letzten, köstlichsten Scherz. Er ließ Herrn Seume aussteigen und am Brunnen stehen, wo der Wind ihm das Regenbogenwasser ins Gesicht schleuderte, und die Kolonnaden begannen zu wandern und gingen langsam, aber unaufhörlich im Kreise um ihn herum. Herr Seume trat auf die breite Treppe zu und stieg mit großer Mühe ein paar der flachen Stufen hinauf, da stand im Mantel und Dreispitz eines Kirchenhüters Roberto und hob mit feierlicher Gebärde den Stab. Aber dann war es doch nicht Roberto, sondern sein Bruder, den es nicht hatte geben sollen, aber jetzt gab es ihn doch, denn er sang mit hundert Stimmen aus der Kirche heraus. Eine Frau, die dort herkam, gab

Herrn Seume ein Münze, und dieser nahm sie ernsthaft und demütig und schob sie unter die Zunge, wie ein Kind alles, was man ihm gibt, zum Mund führt. Er wollte nicht in die Kirche, mußte auch nicht, er konnte sich ganz langsam hinfallen lassen, auf die Knie, auf die Hände, auf die Stirn. Er konnte sich auf den königlichen Stufen von St. Peter ausstrecken und ruhen, bis er aufgehoben und fortgetragen wurde, ein fremder Bettler und tot.

Ein Tamburin, ein Pferd

Ein Haus am Waldrand, eine Art Villa, nicht großartig und auch nicht ärmlich, ein Stockwerk und ein paar Mansardenzimmer, mit schiefen Wänden, in einem der Mansardenzimmerchen schläft das Kind und ein Hampelmann hängt über seinem Bett. Er hängt frei, hat ein Schnürchen zwischen den Beinen, an dem zieht das Kind vor dem Schlafen, ein wenig Licht fällt da noch ins Zimmer, und der Hampelmann zieht die Beine in den geringelten Höschen so hoch er kann. Das Kind ist elf Jahre alt, eine zufriedene Waise, die gern in die Schule geht, gern der Pflegemutter im Hause hilft, gern mit dem Pflegevater an der Strecke entlang geht, wo der alte Eisenbahner jede Minute Verspätung registriert. Die meiste Zeit ist Krieg, Truppentransporte und Gefangenentransporte rollen durch das Birkenwäldchen und, auf einem niederen Damm, durch das Moor. So nah der Grenze liegt das Städtchen nicht, daß die Einwohner evakuiert werden, es wird doch auch nicht geschossen, nur eines Tages kommen die fremden Soldaten und quartieren sich überall ein.
Schon ein paar Tage vorher hat das Kind die Pflegeeltern aufgeregt flüstern hören, wir sind alt und das Kind ist ein Kind, wir geben ihnen alles, was wir haben, es kann uns nichts geschehen. Das Kind weiß nicht, was ihm geschehen soll, Soldaten haben zu essen und geben zu essen, einer hat ihm sogar einmal Schokolade geschenkt. Als eines Nachts das Gepolter an der Tür unten losgeht, erschrickt das Kind, aber nicht allzusehr. Zieh dich an, ruft der Pflegevater, und gleich darauf, wir kommen, ja wir kommen, und schon hört man auf der Treppe seinen leichten Schritt.

Ein paar Minuten später stehen alle im Hausflur, die Pflegeeltern, das Kind und die fremden Soldaten, die, wie sich herausstellt, gar kein Quartier verlangen und auch nicht plündern wollen, sondern jemanden suchen, der sich, wie sie meinen, hier verborgen hält. Aber das Kind weiß genau, es ist niemand im Hause, und wie die Pflegeeltern den Kopf schütteln, schüttelt auch das Kind den Kopf. Die Soldaten machen böse Gesichter, einer packt den Pflegevater bei der Schulter und dreht ihn um, er stößt ihm seinen Revolver in den Rücken und zwingt ihn vor ihm her durch alle Zimmer zu gehen, auch in die Küche und die Speisekammer, schließlich steigen sie auch die Treppe hinauf. Neben dem Zimmer des Kindes liegt noch ein anderes, ebenso kleines, mit ebenso schiefen Wänden, das einmal als Fremdenzimmer gedient hat, aber jetzt kommt schon lange kein Besuch mehr, dann als Vorratskammer, aber es gibt nichts mehr aufzuheben, nur Gerümpel steht da noch herum. Die Pflegemutter hat den Schlüssel vor kurzem einmal abgezogen, tu ihn ins Tamburin, Kind, und das Kind, das den Schlüssel zunächst in sein Schürzentäschchen gesteckt hat, glaubt, daß es das auch wirklich getan hat, denn in dem kleinen runden Kalbfell mit seinem hohen, von Glöckchen besetzten Rahmen, dem Zigeunerinstrument aus der Kostümkiste, werden bei den Pflegeeltern die Schlüssel verwahrt. Vor der Kammer stehen sie jetzt wieder, in der Nacht, dort soll der Gesuchte sich verbergen, die Soldaten rütteln an der Türklinke und die Pflegemutter schickt das Kind nach dem Tamburin, das im Geschirrschrank in der Küche seinen bestimmten Platz hat und dort auch gleich zu finden ist. Das Kind trägt das Ding, so schnell es kann, die Treppe herauf, es hat das Gefühl, daß das vertraute Klappern und Klingeln heute nicht am Platze sei, und darum wickelt es seine Schürze um die

Glöckchen und hält die tanzenden Schlüssel fest. Überall brennt das elektrische Licht, aber vor dem Treppenfenster liegen Gärten, Wiese und Waldrand in gespenstischer Dämmerung, und erst jetzt spürt das Kind ein Unbehagen, eine leise Angst, es könne das alles schlecht ausgehen und niemals wieder so werden wie es früher war. Der Pflegevater nimmt dem Kind das Tamburin ab, seine Hände zittern so sehr, daß die Schlüssel auf dem Kalbfell einen kleinen Trommelwirbel ausführen, ein Geräusch, das die Soldaten in Wut und Schrecken versetzt. Jetzt haben plötzlich alle vier ihre Revolver in der Hand und alle sprechen durcheinander, in einer Sprache, die das Kind nicht versteht. Endlich schreit der einzige, der etwas Deutsch kann, aufmachen, da hat der Pflegevater schon ins Tamburin gegriffen und einen Schlüssel herausgezogen, aber es ist der richtige nicht. Auch der zweite, den er den Soldaten hinhält, paßt nicht ins Schloß der Kammer, auch der dritte nicht und der vierte nicht. Er muß aber doch da sein, sagt die Pflegemutter ein paarmal hintereinander und fängt schon zu weinen an. Sie hat vergessen, daß sie dem Kind den Schlüssel zum Verwahren gegeben hat, und auch das Kind hat es vergessen, es fällt ihm erst viel später wieder ein. Den Soldaten ist anzumerken, daß sie die ganze umständliche Sucherei für eine List halten, zornig wühlen sie jetzt selbst im Tamburin, in dem sich fast nur noch ganz kleine Schlüssel, wie für Koffer oder Vorhängeschlösser, befinden. Und dann hört das Kind, das am Boden hockt, um die von den Soldaten zornig weggeworfenen Schlüssel aufzulesen, es zweimal scharf knallen, und meint, daß jemand von draußen, aus der unheimlich veränderten Alltagslandschaft, in die Fenster schießt. Es fällt etwas schwer zu ihm herunter, ein Körper, der zwischen den Beinen der Soldaten verkrümmt steckenbleibt, und ein Kopf, der tiefer rutscht und gerade neben seine Hand zu liegen kommt. Es dauert eine Weile, bis das Kind das Lüsterjäckchen und die rosige, von weißen Löckchen umgebene Glatze des Pflegevaters erkennt. Die Mutter ist aufs Gesicht gestürzt, ihr gebrechlicher Körper wird von den Männern beiseite geschoben, und das Kind, das niemand beachtet, rutscht auf dem Bauch die Treppe hinab. Wie es aus dem Haus gekommen ist, weiß es später nicht mehr zu sagen, nur daß sich in seiner Erinnerung drei Dinge verbinden, das eisige Fegen des hohen nassen Grases an seinen Waden, die schweren Schläge, mit denen oben die Soldaten die Tür der Kammer aufbrechen und das Klingeln des Tamburins, das das Kind jetzt wieder in der Hand hält, ohne zu wissen wieso und warum. Es ist inzwischen noch kaum heller geworden und im Wald ist es noch dunkler als draußen, zu dunkel in jedem Fall für ein so kleines Mädchen, das von etwas fortstrebt, aber nicht weiß wohin. Sich zu verstekken wäre gut, aber das Kind bleibt doch lieber auf dem breiten weißen Sandweg, läuft und läuft ohne Besinnung und ohne sich recht klarzumachen, was geschehen ist. Nichts von Trauer über den Tod der doch geliebten Pflegeeltern, kein Gefühl von Alleinaufderwelt. Nur kalt, kalt, und war da nicht einmal eine Holzfällerhütte, und war da nicht einmal ein Holzstoß, hinter dem man hätte Schutz suchen können vor dem eisigen Wind. Kein Holzstoß ist da, keine Hütte, aber hinter einer Wegbiegung ein Chaisenwägelchen mit einem Pferd und keinem Kutscher, das Pferd ist halb abgeschirrt, läßt den Kopf trübsinnig hängen und döst vor sich hin. Das Kind überlegt nicht lang, es sieht das dicke Spritzleder zurückgeschlagen, es klettert in das Wägelchen und rutscht ganz hinunter und zieht sich die schwarze glänzende Decke über den Kopf. Von dem Augenblick an ist alles gut, das wilde Rauschen der Fich-

tenwipfel ein Schlaflied, der blutrote Streifen zwischen den Stämmen ein freundliches Licht. Kaum, daß es im Wagen hockt, schläft das Kind schon ein und hat angenehme Träume, Schaukelträume, auf einer Schaukel, deren Seile weiß Gott wo befestigt sind, fliegt es über dem maigrünen Birkenwäldchen hin. Plötzlich dann wird die Schaukel angehalten, jemand reißt an den Seilen, es wird wieder dunkel und eine Schnauze fährt dem Kind ins Gesicht. Es reißt erschrocken die Augen auf, aber dadurch wird nichts besser, die Schnauze ist ein Pferdemaul, aber kein weiches, rundes, wie es der Schecke vom Löwenwirt hat, sondern eines mit langen gelben Zähnen, und wilde glühende Augen stehen dem Pferd ganz außen am Kopf. Das Kind weiß nicht mehr, wie es unter die schwarze Wachstuchdecke gekommen ist, und der Gedanke, daß das halb abgeschirrte Tier sich umgedreht hat, um bei ihm Schutz und Wärme zu finden, kommt ihm nicht.
Weil es unter den noch immer nachtschwarzen Bäumen mit dem Pferd allein ist, wird ihm dieses einzige Lebewesen zum Schrecken aller Schrecken. Sein Anblick ist schlimmer als der Anblick der toten Pflegeeltern, eine viel ältere Erfahrung und darum ganz anders schlimm. Das Kind schlüpft an dem Pferdekopf vorbei und springt aus dem Wagen, es läuft weg, wieder barfuß auf den naßkalten Feldwegen, das Tamburin hat es zurückgelassen, jetzt hat wohl das Pferd mit dem Maul gegen die kleine Trommel gestoßen, was anders hätte im Wald so dumpf und merkwürdig tönen können, aber vielleicht ist es auch der Herzschlag des Kindes, das rennt und rennt und dem jeder Atemzug rauh und schmerzhaft durch die Kehle fährt. Endlich fällt es hin und schreit, weil es jetzt hinter sich auch den Hufschlaf des Pferdes und das Räderrollen des Wägelchens vernimmt. Aber nichts kommt, kein Wagen,

kein Pferd, dagegen ist hinter den Bäumen die Sonne aufgegangen, und nach einer Weile ruft jemand das Kind, eine Frau aus dem Ort. Die Frau ist zum Reisigsammeln unterwegs, sie weiß schon alles und nimmt das Kind mit sich nach Hause; später ist es in ein Waisenhaus gekommen. Es hat niemals nach seinen Pflegeeltern gefragt, obwohl diese doch gut zu ihm gewesen sind und es sie gern gehabt hat. Um das Haus, in dem es gewohnt hat, hat es immer einen großen Bogen gemacht. Je mehr Zeit vergeht, um so sicherer ist es, daß es den Schlüssel, den ihm die Pflegemutter in die Hand gegeben hat, nicht in das Tamburin gelegt, sondern irgendwo verloren hat, und daß es dadurch eigentlich schuld an dem Tode seiner Pflegeeltern war. Es hat darüber aber keine Gewissensbisse empfunden. Durch alles, was ihm später, das heißt, ehe die guten Zeiten gekommen sind, noch zugestoßen ist, ist es mit einer Art von kaltem Mut hindurchgegangen, wie jemand, der schon bei den Toten war und der durch ein Wunder wieder auf die Erde zurückgekehrt ist. Es hat später geheiratet und selbst Kinder bekommen, es führt jetzt ein Leben, wie alle es führen, mit den Sorgen und Freuden, wie alle sie haben. Vor Pferden allerdings empfindet diese junge Frau ein ganz unmäßiges Grauen, und ich möchte das Entsetzen in ihren Augen nicht sehen, wenn sie einmal, was aber kaum zu erwarten ist, die Glöckchen eines Tamburins hört.

Eisbären

Endlich, dachte sie, als sie hörte, wie sich der Schlüssel im Türschloß drehte. Sie hatte schon geschlafen und war erst von diesem Geräusch aufgewacht; nun wunderte sie sich, daß ihr Mann im Vorplatz kein Licht anmachte, das sie hätte sehen müssen, da die Tür zum Vorplatz halb offen stand. Walther, sagte sie, und fürchtete einige Minuten lang, es sei gar nicht ihr Mann, der die Tür aufgeschlossen hatte, sondern ein Fremder, ein Einbrecher, der jetzt vorhatte, in der Wohnung herumzuschleichen und die Schränke und Schubladen zu durchsuchen. Sie überlegte, ob es wohl besser sei, wenn sie sich schlafend stellte, aber dann könnte ihr Mann heimkommen, während der Einbrecher noch in der Wohnung war, und dieser könnte aus dem Dunkeln auf ihn schießen. Darum beschloß sie, trotz ihrer großen Angst, Licht zu machen und nachzusehen, wer da war. Aber gerade, als sie ihre Hand ausstreckte, um an der Kette der Nachttischlampe zu ziehen, hörte sie die Stimme ihres Mannes, der in der Türe stand.

Mach kein Licht, sagte die Stimme.

Sie ließ ihre Hand sinken und richtete sich ein wenig im Bett auf. Ihr Mann sagte nichts mehr und rührte sich auch nicht, und sie fragte sich, ob er sich vielleicht auf den Stuhl neben der Türe gesetzt hatte, weil er zu erschöpft war, um ins Bett zu gehen.

Wie war es, fragte sie.

Was, fragte ihr Mann.

Alles heute, sagte sie. Die Verhandlung. Das Essen. Die Fahrt.

Davon wollen wir jetzt nicht sprechen, sagte ihr Mann.

Wovon wollen wir sprechen, fragte sie.
Von damals, sagte ihr Mann.
Ich weiß nicht, was du damit meinst, sagte sie. Sie versuchte vergeblich, die Dunkelheit mit ihren Blicken zu durchdringen, und ärgerte sich über ihre Gewohnheit, die Fensterläden ganz fest zu schließen und auch noch die dikken blauen Vorhänge vorzuziehen. Sie hätte gerne gesehen, ob ihr Mann da noch in Hut und Überzieher stand, was bedeuten konnte, daß er die Absicht hatte, noch einmal fortzugehen, oder daß er getrunken hatte und nicht mehr imstande war, einen vernünftigen Entschluß zu fassen.
Ich meine den Zoo, sagte der Mann. Sie hörte seine Stimme immer noch von der Tür her, was – da sie eine altmodische Wohnung und ein hohes großes Schlafzimmer hatten – bedeutete, von weit weg.
Den Zoo, sagte sie erstaunt. Aber dann lächelte sie und legte sich in die Kissen zurück. Im Zoo haben wir uns kennengelernt.
Weißt du auch wo, fragte der Mann.
Ich glaube schon, daß ich es noch weiß, sagte die Frau. Aber ich sehe nicht ein, weshalb du dich nicht ausziehst und ins Bett gehst. Wenn du noch Hunger hast, bringe ich dir etwas zu essen. Ich kann es dir ins Bett bringen, oder wir setzen uns in die Küche und du ißt dort.
Sie schlug die Decke zurück, um aufzustehen, aber obwohl es für ihren Mann genauso dunkel sein mußte wie für sie selbst, schien er doch gesehen zu haben, was sie vorhatte.
Steh nicht auf, sagte er, und mach das Licht nicht an. Ich will nichts essen und wir können im Dunklen reden.
Sie wunderte sich über den fremden Klang seiner Stimme und auch darüber, daß er, obwohl er doch sehr müde sein

mußte, nichts anderes im Sinne hatte als von den alten Zeiten zu reden. Sie waren jetzt fünf Jahre lang verheiratet, aber jeder Tag der Gegenwart schien ihr schöner und wichtiger als alle vergangenen Tage. Da ihm aber so viel daran zu liegen schien, daß sie seine Frage beantwortete, streckte sie sich wieder aus und legte ihre Hände hinter ihren Kopf.
Bei den Eisbären, sagte sie. Die Fütterung war gerade vorbei. Die Eisbären waren von ihren Felsen ins Wasser geglitten und hatten nach den Fischen getaucht. Jetzt standen sie wieder auf ihren Felsen, schmutzig weiß, und –
Und was, fragte ihr Mann streng.
Du weißt doch, was die Eisbären machen, sagte sie. Sie bewegen ihren Kopf von der einen Seite zur anderen, unaufhörlich hin und her.
Wie du, sagte ihr Mann.
Wie ich, fragte sie erstaunt und begann für sich im Dunkeln die Bewegung nachzuahmen, die sie soeben beschrieben hatte.
Du hast auf jemanden gewartet, sagte ihr Mann. Ich habe dich beobachtet. Ich kam von den großen Vögeln, die ganz ruhig auf ihren Ästen sitzen und sich dann plötzlich herabstürzen und einmal im Kreis herumfliegen, wobei sie mit ihren Flügelspitzen die Gitter streifen.
Bei den Eisbären, sagte die Frau, gibt es keine Gitter.
Du hast auf jemanden gewartet, sagte ihr Mann. Du hast den Kopf bald nach dieser, bald nach jener Seite gedreht. Der, auf den du gewartet hast, ist aber nicht gekommen.
Die Frau lag jetzt ganz still unter ihrer Decke. Sie hatte das Gefühl, auf der Hut sein zu müssen, und sie war auf der Hut.
Ich habe auf niemanden gewartet, sagte sie.
Als ich dich eine Weile lang beobachtet hatte, sagte ihr

Mann, bin ich auf dem Weg weitergegangen und habe mich neben dich gestellt. Ich habe ein paar Späße über die Eisbären gemacht und auf diese Weise sind wir ins Gespräch gekommen. Wir haben uns auf eine Bank gesetzt und die Flamingos betrachtet, die ihre rosigen Hälse wie Schlangen bewegten. Es war nicht mehr so heiß und es war sogar ein Hauch von Spätsommer in der Luft.

Damals habe ich angefangen zu leben, sagte die Frau.

Das glaube ich nicht, sagte ihr Mann.

Zieh' dich doch aus, sagte die Frau, oder mach das Licht an. Sitzt du wenigstens auf einem Stuhl?

Ich sitze und stehe, sagte der Mann. Ich liege und fliege. Ich möchte die Wahrheit wissen.

Die Frau fing an, in ihrem warmen Bett vor Kälte zu zittern. Sie fürchtete, daß ihr Mann, der ein fröhlicher und freundlicher Mensch war, den Verstand verloren habe. Zugleich aber erinnerte sie sich auch daran, daß sie an jenem Nachmittag im Zoo wirklich auf einen anderen gewartet hatte, und es erschien ihr nicht ausgeschlossen, daß ihr Mann diesen anderen heute getroffen und von ihm alles mögliche erfahren hatte.

Was für eine Wahrheit, fragte sie, um einen Augenblick Zeit zu gewinnen.

Ich habe dich, sagte ihr Mann, damals nach Hause gebracht. Wir sind noch ein paarmal zusammen spazieren und auch einige Male abends ausgegangen. Jedes Mal habe ich dich gefragt, ob du an jenem Nachmittag im Zoo auf einen anderen Mann gewartet hast und ob du vielleicht immer noch auf ihn wartest und ihn nicht vergessen kannst. Du hast aber jedes Mal den Kopf geschüttelt und nein gesagt.

Das war die Wahrheit, sagte die Frau.

Es mochte sein, daß draußen der Morgen schon anbrach,

vielleicht hatten sich ihre Augen auch endlich an die Dunkelheit gewöhnt. Jedenfalls tauchten jetzt ganz schwach die Umrisse des Zimmers vor ihr auf. Sie sah aber ihren Mann nicht und das beunruhigte sie sehr.
Das war nicht die Wahrheit, sagte der Mann.
Nein, dachte die Frau, er hat recht. Ich bin mit ihm spazierengegangen und abends tanzen gegangen und jedesmal habe ich mich heimlich umgesehen nach dem Mann, den ich geliebt habe und der mich verlassen hat. Ich habe Walther gern gehabt, aber ich habe ihn nicht aus Liebe geheiratet, sondern weil ich nicht allein bleiben wollte. Sie war plötzlich sehr müde und es kam ihr in den Sinn, alles das zuzugeben, was sie so lange geleugnet hatte. Vielleicht, wenn sie es zugäbe, würde ihr Mann aus dem Dunkeln herüberkommen und sich zu ihr auf den Bettrand setzen. Sie würde ihm sagen, wie es gewesen war, und wie es jetzt war, daß sie jetzt ihn liebte und daß ihr der andere Mann vollständig gleichgültig geworden war. Sie zweifelte nicht daran, daß es ihr, wenn sie nur ihre Arme um seinen Hals legen konnte, gelingen würde, ihn davon zu überzeugen, daß es so etwas gab, daß eine Liebe erwachen und jeden Tag wachsen kann, während eine andere abstirbt und am Ende nichts ist als ein Kadaver, vor dem es einem graut. Walther, sagte sie, nicht Schatz, nicht Liebling, sie nannte nur seinen Namen, aber sie streckte im Dunkeln ihre Arme nach ihm aus.
Aber ihr Mann kam nicht herüber, um sich zu ihr auf den Bettrand zu setzen. Er blieb, wo er war und wo sie nicht einmal die Umrisse seiner Gestalt wahrnehmen konnte.
Ich war, sagte er, damals noch nicht lange in München. Es war dein Vorschlag, daß ich die Stadt erst einmal richtig kennenlernen sollte. Weil wir noch keinen Wagen hatten, fuhren wir jeden Sonntag mit einem anderen Verkehrs-

mittel in eine andere Richtung, stiegen an der Endstation aus und gingen spazieren. Immer ist es mir vorgekommen, als ob du auf diesen Spaziergängen jemand suchtest. Immer hast du deinen Kopf nach rechts und nach links gewendet wie die Eisbären, die die Freiheit suchen, oder etwas, von dem wir nichts wissen, und ich habe dich oft meinen Eisbären genannt.

Ja, sagte die Frau mit erstickter Stimme.

Sie erinnerte sich daran, daß ihr Mann ihr in den ersten Monaten ihrer Ehe diesen Namen gegeben hatte. Sie hatte geglaubt, er täte das in Erinnerung an ihr erstes Zusammentreffen im Zoologischen Garten, oder weil sie so dicke weißblonde Haare hatte, die ihr manchmal wie eine Mähne auf der Schulter hingen. Es war aber, wie sich jetzt herausstellte, kein Kosewort, sondern ein Verdacht.

Später, sagte sie, als wir den Wagen hatten, sind wir am Sonntag ins Freie gefahren. Wir sind durch den Wald gelaufen und haben auf einer Wiese in der Sonne gelegen und geschlafen, du mit deinem Kopf auf meiner Brust. Wenn wir aufgewacht sind, waren wir ganz benommen von der Sonne und dem starken Wind. Es ist uns schwergefallen, die richtige Richtung einzuschlagen, und einmal haben wir viele Stunden gebraucht, um den Wagen wiederzufinden. Weißt du das noch, fragte sie.

Aber ihr Mann ging auf diese Erinnerung nicht ein.

Wir sind ihm einmal begegnet, sagte er.

Ach, hör doch auf, sagte die Frau plötzlich ärgerlich. Geh etwas essen oder laß mich Licht anzünden und aufstehen und dir etwas zu essen bringen. Es ist noch ein halbes Hähnchen im Kühlschrank und Bier. Aber während sie das sagte, wußte sie schon, daß ihr Mann auf ihren Vorschlag nicht eingehen würde. Sie überlegte, womit sie ihn von seinen Gedanken abbringen könnte, und es fiel ihr nichts ein.

Du hast morgen einen schlimmen Tag, sagte sie schließlich, du mußt bis zum Abend die Abrechnungen fertig haben und wenn du nicht ausgeschlafen bist, wird dir alles noch schwerer fallen.
Wir sind ihm einmal begegnet, sagte ihr Mann wieder.
Die Frau krallte ihre Hände in die Bettdecke und wußte nicht, was sie noch sagen sollte. Wenn es nur hell wäre, dachte sie. Ihr Mann hatte ihr zu Weihnachten einen Toilettetisch geschreinert mit einem Kretonnevorhang und einer Glasplatte, und sie hatte ihm einen Lampenschirm gebastelt und diesen mit den Gräsern und Moosen, die sie im Sommer gesammelt und gepreßt hatten, verziert. Sie war überzeugt davon, daß diese Dinge, wenn man sie nur sehen könnte, ihr beistehen würden, ihren Mann davon zu überzeugen, daß sie ihn liebte und daß auch er selbst seinen alten Argwohn längst vergessen hatte.
Wir sind, sagte ihr Mann zum drittenmal, ihm einmal begegnet, und er sagte es mit seiner Stimme von heute abend, die so eintönig und merkwürdig klang. Wir sind die Ludwigstraße hinuntergegangen auf das Siegestor zu, es war ein schöner Abend und es war eine Menge Leute unterwegs. Du hast niemanden besonders angeschaut, es ist auch niemand stehengeblieben und es hat dich auch niemand gegrüßt. Ich hatte aber meinen Arm in den deinen gelegt und plötzlich habe ich gemerkt, daß du angefangen hast, am ganzen Körper zu zittern. Dein Herz hat aufgehört zu schlagen und das Blut ist aus deinen Wangen gewichen. Erinnerst du dich daran?
Ja, ja, wollte die Frau rufen, ich erinnere mich gut. Es war das erste Mal, daß ich meinen ehemaligen Liebhaber wiedergesehen habe, und es war auch das letzte Mal. Mein Herz hat wirklich aufgehört zu schlagen, aber dann hat es wieder angefangen und so, als wäre es ein ganz anderes

Herz. Während das schöne kalte Gesicht meines ehemaligen Liebhabers in der Menge verschwunden ist, hat es sich in Nichts aufgelöst, und ich habe mich später an seine Züge nie mehr erinnern können.

Das alles wollte die Frau ihrem Mann sagen und ihn auch daran erinnern, daß sie sich damals auf der Straße an ihn gedrängt hatte und versucht hatte, ihn zu küssen. Sie zweifelte aber plötzlich daran, daß ihr Mann ihr glauben würde. Sie hatte das Gefühl, als stände hinter seinen Worten eine Unruhe, die sie nicht würde stillen, und eine Angst, die sie ihm nicht würde ausreden können, jedenfalls nicht in dieser Nacht.

Ich erinnere mich an unseren Spaziergang, sagte sie und versuchte ihrer Stimme einen gleichgültigen Klang zu geben. Ich habe keinen Bekannten gesehen. Ich habe so etwas wie einen Schüttelfrost gehabt, eine kleine Erkältung, und am Abend habe ich auch Fieber bekommen.

Ist das wahr, fragte der Mann.

Ja, antwortete die Frau.

Sie war traurig, daß sie nicht die Wahrheit sagen durfte, die doch viel schöner war als alles, was ihr Mann von ihr hören wollte. Sie war jetzt sehr müde und hätte gerne geschlafen, aber vor allem lag ihr daran zu wissen, was in ihren Mann gefahren war und warum er kein Licht anzünden und nicht zu Bett gehen wollte.

Dann ist also auch das andere wahr, sagte der Mann, mit einem Schimmer von Hoffnung in der Stimme.

Was, fragte die Frau.

Das vom Zoo, sagte der Mann. Daß du auf keinen anderen gewartet hast.

Ich habe auf dich gewartet, sagte die Frau. Ich habe dich nicht gekannt, aber man kann auch auf jemanden warten, den man noch nie gesehen hat.

Du hast mich, sagte der Mann, also nicht genommen, weil du von einem andern Mann im Stich gelassen worden bist. Du hast mich geliebt.
Noch einmal dachte die Frau, wie schmählich es von ihr war, daß sie hier lag und ihren Mann anlog, und noch einmal richtete sie sich auf und wollte die Wahrheit sagen. Es kam aber von der Tür her ein merkwürdiges Geräusch, das wie ein tiefes verzweifeltes Stöhnen klang. Er ist krank, dachte sie erschrocken, und legte sich wieder in die Kissen zurück und sagte laut und deutlich: Ja.
Dann ist es gut, sagte der Mann. Er flüsterte jetzt nur noch. Vielleicht hatte er auch die Schlafzimmertür von außen zugezogen und war im Begriff, die Wohnung wieder zu verlassen. Die Frau sprang aus dem Bett, sie riß an der Kette der Nachttischlampe und gerade, als habe sie damit eine Klingel in Bewegung gesetzt, begann es vom Flur her laut und heftig zu schellen. Das Zimmer war hell und leer, und als die Frau auf den Vorplatz lief, sah sie ihren Mann auch dort draußen nicht.
Obwohl das Haus, in dem die jungen Eheleute wohnten, ein altmodisches Haus war, gab es seit kurzem in allen Wohnungen Drücker, mit deren Hilfe man die Haustüre öffnen konnte. Walther, sagte die Frau unglücklich. Sie drückte auf den Knopf und öffnete zugleich schon die Wohnungstür und horchte hinaus. Sie wohnten fünf Stockwerke hoch, und fünf Stockwerke lang hörte sie die schweren Schritte, die die Treppe heraufkamen und die, wie sich herausstellte, die Schritte von Polizeibeamten waren. Ihr Mann, sagten die Männer, als sie der Frau auf dem Treppenabsatz gegenüberstanden, sei bei der Ausfahrt von der Autobahn mit einem anderen Wagen zusammengestoßen und schwer verletzt worden. Und als sie das gesagt und eine Weile in das erstaunte Gesicht der Frau geschaut

hatten, fügten sie hinzu, daß der Verunglückte sich jetzt auf dem Weg ins Krankenhaus befände, daß aber die Sanitäter, die ihn in den Wagen getragen hätten, der Ansicht gewesen seien, daß er den Transport nicht überleben würde.

Das kann nicht sein, sagte die Frau ganz ruhig, es muß sich um eine Verwechslung handeln. Ich habe mit meinem Mann noch eben gesprochen, er ist in der Wohnung, er ist bei mir. Hier, fragten die Männer überrascht, wo denn, und gingen in die Küche und gingen ins Wohnzimmer und drehten überall die Lampen an. Da sie niemanden fanden, redeten sie der Frau gut zu, sich anzuziehen und sie ins Krankenhaus zu begleiten, und die Frau zog sich auch an, bürstete ihre langen weißblonden Haare und ging mit den Polizisten die Treppe hinunter. Auf der Fahrt saß die Frau zwischen den Männern, die versuchten, freundlich zu sein, und deren schwere Wollmäntel nach Regen rochen. Sie hatte ihren Spaß daran, daß der Fahrer das Martinshorn gellen ließ und alle roten Lichter überfuhr. Schneller, sagte sie, schneller, und die Polizisten glaubten, daß sie Angst habe, ihren Mann nicht mehr am Leben zu finden. Aber sie wußte gar nicht, warum sie in dem Wagen saß und wohin es ging. Die Worte ›schneller, schneller‹ sagte sie ganz mechanisch, und ganz mechanisch drehte sie ihren Kopf von links nach rechts und von rechts nach links, wie es die Eisbären tun.

Die Pflanzmaschine

Sofort nachdem der Häftling Nr. 304 die Telefonnummer des Polizeireviers gewählt und eine gleichgültige Stimme sich gemeldet hatte, fing er zu reden an. Er ließ sich, wie man hören wird, auch nicht mehr unterbrechen, weder durch den Beamten noch durch die Leute, die den öffentlichen Fernsprecher ebenfalls benutzen wollten und die von Zeit zu Zeit ungeduldig an die Wände des kleinen Glaskastens klopften. Der Häftling, der trotz des kühlen Spätsommerabends seine mit einer großen Zahl versehene Jacke zusammengerollt unter dem Arm trug, hatte den Mund die ganze Zeit dicht an der Muschel, er sprach wie ein Besessener, was um ihn herum vorging, bemerkte er nicht.

Hier ist, sagte er gleich zu Anfang, die Nummer 304 aus der Strafanstalt, Häftling mit Arbeitserlaubnis in Kolonne 46, zugeteilt dem Gartenbaubetrieb Hugo Maier mit ai. Der Beamte auf dem Revier, der seit Jahren die Kennkartenanträge bearbeitete und der nur ganz zufällig am Apparat war, fiel dem Anrufer ins Wort: Mann, sagte er aufgeregt, nach Ihnen ist eine Großfahndung angesetzt, ich weiß Bescheid. Der Gärtner Maier, fuhr der Häftling unbeirrt fort, hat das Land nur gepachtet, wir haben gern bei ihm gearbeitet und es tut mir leid, daß er jetzt Unannehmlichkeiten hat. Ich habe seinen Wagen nehmen müssen, um wegzukommen, der Wagen steht in der Hasenschneise im Sternwald, er hat keinen Brennstoff mehr, aber sonst ist er in Ordnung, die Papiere im Handschuhkasten, der Regenmantel, wo er war, auf dem hinteren Sitz.

Eine alte Opel-Limousine, sagte der Beamte schnell, wir

haben sie bereits gefunden, was Sie sagen, stimmt. Aber jetzt möchten wir wissen, wo Sie sich aufhalten und von welchem Apparat Sie sprechen.
Einen Augenblick, Herr Kommissar, sagte der Häftling, und der Beamte unterbrach ihn und sagte, Wachtmeister Fröhlich, aber der Mann in der Zelle achtete darauf nicht. Wir haben, sagte er, auf der Pflanzmaschine gearbeitet, ich weiß nicht, ob Sie so eine Maschine kennen. Sie ist sehr breit, zehn Mann sind nicht zuviel, um sie zu bedienen, und wenn sie sich über den Acker bewegt, haben alle zehn Mann das Gesicht in der Fahrtrichtung, umsehen kann sich keiner, das müssen Sie verstehen.
Hören Sie doch auf, Mann, sagte der Beamte, der allein im Zimmer war und also die Verantwortung hatte, und es wäre ihm lieber gewesen, sein Kollege wäre zurückgekommen, aber der kam nicht. Hören Sie auf, sagte er ungeduldig, ich will keinen Vortrag über landwirtschaftliche Maschinen, ich will wissen, wo Sie jetzt sind. Einen Augenblick, sagte der Mann in der Zelle, die Maschine ist wichtig, sie macht Rillen und setzt die Salatpflänzchen in einer bestimmten Entfernung und wirft die Rillen wieder zu, alles in einem Arbeitsgang, aber natürlich muß sie ununterbrochen mit den Pflanzen gefüttert werden, so daß niemand, der sie bedient, sich auch nur einen Augenblick umdrehen kann. Die Maschine bewegte sich in östlicher Richtung, also auf die Stadt zu. Der Wachmann – ja richtig, warf der Beamte ein, was war mit dem Wachmann, hat er geschlafen oder war er betrunken, er sagt, er habe auf der Maschine mitgearbeitet, aber das stimmt wahrscheinlich nicht.
Doch, das stimmt, sagte der Strafgefangene, er hat immer mitgearbeitet, obwohl er nicht mußte, es war ihm zu langweilig herumzusitzen, und er hat uns da auch besser unter

den Augen gehabt. Wie Figura zeigt, sagte der Beamte und erlaubte sich zu lachen, aber nur ganz kurz, weil ihn der Häftling offensichtlich nicht verstand. Der Wachmann, sagte dieser jetzt ruhig, gehörte also zu der Mannschaft auf der Maschine, zu den Leuten, die sich nicht umdrehen konnten. Ich selbst bin, sobald die Maschine die mir passende Richtung eingeschlagen hatte, abgesprungen, nachdem ich zuvor dem Wachmann mitgeteilt hatte, daß ich austreten müsse. Der Lokus ist neu, aus Brettern zusammengeschlagen, er steht ungefähr in der Mitte des großen Gemüseackers und ein kleiner Schuppen für Geräte ist angebaut. Ich bin ziemlich langsam auf den Verschlag zugegangen und habe mich dabei ein paar Mal umgedreht. Als ich sah, daß niemand auf mich achtgab, habe ich mich dem Wagen genähert, den der Gärtner neben dem Geräteschuppen stehen hatte. Die Tür war nicht verschlossen und der Zündschlüssel steckte. Ich habe mich ans Steuer gesetzt und bin langsam rückwärts gefahren, so daß ich die Pflanzmaschine immer im Auge behielt. Als ich die Straße erreicht hatte, habe ich einen kurzen Bogen gemacht und dann Gas gegeben, niemand hat mich gesehen.
Das bilden Sie sich nicht ein, Mann, sagte der Beamte, dessen Stimme vor Ungeduld bebte. Ein alter Rentner, der in seinem Schrebergarten gearbeitet hat, hat Sie gesehen, er hat dem Gärtner Bescheid gesagt, auf zwei Motorrädern waren sie hinter Ihnen her.
Meinetwegen, sagte der Mann in der Zelle, ich habe keine Motorräder gesehen. Ich bin auf einem Umweg nach Hause gefahren und ich werde Ihnen gleich sagen, warum.
Der Beamte, der, als das Telefon läutete, im Begriff gewesen war, Feierabend zu machen und nach Hause zu gehen, war außer sich vor Wut. Er hätte am liebsten den Hörer hingeworfen, aber so wie der Fall lag, traute er sich nicht,

auch nur ein böses Wort zu sagen. Er hatte den Mann, auf den eine Großfahndung angesetzt war, am Apparat und dieser Mann konnte seinerseits jeden Augenblick den Hörer auflegen und im Dunkeln verschwinden. Was erzählen Sie mir da, sagte der Beamte, der sich zu beherrschen versuchte. Ich bin nicht der Untersuchungsrichter und nicht Ihr Gefängnisdirektor und ich habe noch anderes zu tun. Sagen Sie mir, wo Sie sind, dann schicke ich eine Streife, und die Streife bringt Sie ins Gefängnis, es ist Zeit zum Schlafengehen und wenn Sie Durst haben, spendieren wir Ihnen sogar ein Fläschchen Bier. Hier lachte der Beamte wieder, aber sein Lachen klang unnatürlich und der Häftling überhörte es einfach und überhörte auch den Scherz mit dem Bier.
Einen Augenblick, Herr Pfarrer, sagte er.
Was heißt hier Pfarrer, sagte der Beamte, er sah zu den beiden unterdessen ins Zimmer gekommenen Streifenpolizisten hinüber und tippte sich an die Stirn. Jetzt spielt er noch den Verrückten, dachte er, oder er ist wirklich verrückt, die so vernünftig tun, sind am verrücktesten und ich muß den Leuten von der Streife sagen, daß sie sich vorsehen sollen. Aber dann fiel ihm ein, daß er gar niemanden wegschicken konnte, ehe er nicht den Aufenthaltsort des Gefangenen erfahren hatte, und er sagte rasch, sind Sie noch da, und: bitte sprechen Sie, und der Mann in der Telefonzelle fing ganz unbeirrt wieder zu reden an.
Kinder, Herr Pfarrer, sagte er, sind ja nach Ihrer Ansicht auf alle Fälle ein Segen, auch wenn es fünf sind und wenn man erst 24 Jahre alt ist und nicht weiß, wie man sie satt kriegen soll. Und eine Mutter, die fünf Kinder hat, ist eine rechtschaffene Mutter, so denken Sie sich das, ein bißchen abgearbeitet und abgehärmt, aber sonst in Ordnung und nur dem Mann muß man ab und zu ins Gewissen reden,

daß er daheim bleibt und neue Kinder macht und keine begehrlichen Blicke auf die Mädchen wirft. Aber Herr Pfarrer, so ist das nicht immer, es gibt Frauen, die sind noch nach fünf Kindern rosig wie Äpfelchen, weiß Gott, wie sie das machen, und die Männer drehen sich nach ihnen um. Ja, da können Sie noch zulernen, Herr Pfarrer, nämlich daß es zärtliche Mütter gibt, die sind auch zärtlich zu ihrem Mann und zu jedem, der des Weges daherkommt, einfach von Natur. Und es kommt ja auch immer einmal einer des Weges daher, ein Handelsreisender mit Schlips und feinem Wagen, und bei der Schwiegermutter, der Kupplerin, gibt man die Kinder ab, seid nur schön brav, ihr Engelchen, Mutti geht zum Friseur.

Über all diesen hastig herausgestoßenen Sätzen war der Mann im Glashäuschen so außer Atem gekommen, daß er, um Luft zu schöpfen, eine Pause machen mußte. Der Polizeibeamte hatte sich indessen besonnen, verrückt, vielleicht, aber doch vor allem eifersüchtig und wer weiß, wozu die Eifersucht die Nummer 304 getrieben hatte, ein Geständnis war wichtig, war vielleicht auch zu erreichen, aber nur auf die sanfte, die väterliche Tour. Ihre Frau hat sie also betrogen, sagte er ruhig und warf zornige Blicke auf die beiden Streifenpolizisten, die sich anstießen und lachten, so daß der Beamte mit seiner großen Hand die Muschel zudecken mußte, also nur noch hören und nicht mehr reden konnte, aber die Gelegenheit zu reden war ohnehin vorbei.

Das sagst du, du Dreckskerl, rief der Häftling empört. Du hast die Nachricht ins Gefängnis gebracht, und wenn ich sie nicht gehört hätte, wäre ich nicht ausgerissen und wenn ich nicht ausgerissen wäre, hätten sie mich am 15. entlassen, meine Zeit war so gut wie vorbei. Aber weil ich es gehört habe, habe ich vom Acker wegfahren müssen, ein

Stück den Fluß entlang und durch den Sternwald nach Hause, und wenn ich dich auf dem Weg getroffen hätte, hätte ich dich windelweich gehauen.
Wissen Sie eigentlich, mit wem Sie sprechen, sagte der Beamte eisig, weil er jetzt fest davon überzeugt war, daß er zum Narren gehalten wurde.
Eben habe ich mit dem Anton geredet, sagte der Mann in der Zelle, einem aus unserer Siedlung am Sternwald, der das Gefängnis mit Kartoffeln beliefert, aber jetzt erkenne ich Ihre Stimme, entschuldigen Sie, Herr Leutnant, Kunze war Ihr Name, soviel ich weiß. Sie wollten etwas über den Wald hören, ein Sumpfwald ist das, und wo er zu Ende ist, liegt unsere Siedlung und da wird auch das neue Stück Autobahn gebaut. Wir hatten da einmal eine Übung, vielleicht erinnern Sie sich, Herr Leutnant, ich habe mich schon damals abgesetzt und bin nach Hause gelaufen, Sie selbst haben mich aus der Stube geholt und mich zur Sau gemacht, aber dann sind Sie plötzlich ganz still geworden, weil Sie meine Frau gesehen haben, und wahrscheinlich haben Sie verstanden, daß man so eine Frau nicht lang allein lassen kann.
Der Beamte räusperte sich, womit es ihm überraschenderweise gelang, den andern einen Augenblick zum Schweigen zu bringen. Herr, sagte er, und wühlte auf dem Schreibtisch seines Kollegen nach dem Fahndungsbefehl mit dem Namen, fand ihn aber nicht. Herr, sagte er noch einmal, nehmen Sie sich zusammen, hier ist kein Leutnant und kein Pfarrer, und kein Anton und kein Kommissar. Erzählen Sie, was Sie gemacht haben, nachdem Sie den Wagen in der Hasenschneise verlassen haben, und fassen Sie sich kurz.
Wir sprachen, sagte der Mann in der Zelle ruhig, also von der Hasenschneise, Hasenstall, und für einen Hasenstall

hab ich mir nachts von der Autobahnbaustelle einen Armvoll Holz geholt, weil die Kinder auch einmal Fleisch haben sollten und Pantöffelchen aus Hasenfell, jawohl Herr Inspektor, fünf Bretter, jedes 1,50 m auf 30 cm, fünf Bretter, fünf kleine Kinder, und ein bißchen Dachpappe und den Maschendraht hätte ich mir auch noch organisiert. Deswegen habe ich im Gefängnis gesessen, deswegen hat meine Frau mit dem Herrn Vertreter Likör getrunken und ist zum Friseur gegangen und ist am Abend weggefahren zum Froschschenkelessen, in einer Nische mit künstlichem Weinlaub, und dort hat sie einer aus der Siedlung gesehen. Deswegen bin ich vor drei Tagen von der Pflanzmaschine abgesprungen und bin nach Hause gefahren. Ich habe meine Frau geholt und bin mit ihr wieder in den Wald gegangen, ich voraus, und sie auf ihren Stöckelabsätzen hinter mir her. Der Mann in der Zelle machte eine Pause, und weil der Beamte ihn nun nicht mehr zu unterbrechen wagte, blieb es eine Weile lang still. Es ist da, fuhr der Häftling schließlich fort, mitten im Wald eine Schonung und eine Hütte für die Waldarbeiter und in dieser Hütte haben wir die ganze Zeit verbracht. Ich habe meine Frau gefragt, ob sie bei Mondschein sterben will oder in der Morgendämmerung, und sie hat gesagt, sie wolle gar nicht sterben, mit dem Vertreter sei nichts gewesen und sie habe Hunger und wolle nach Hause. Ich habe aber vor der Hütte gesessen und habe sie nicht herausgelassen, und nachts bin ich zu ihr hineingegangen, weil es kalt war und neblig, es ist das ein unheimlicher Wald. Sie hat geschlafen, ruhig und rosig wie eines unserer Kinder, und am Morgen hat sie gefragt, wie lange wir da noch bleiben sollten, und ich habe gesagt, bis zum Lämmerlestag, aber was das heißen sollte, wußte ich nicht. Am zweiten Abend hat sie die Arme um meinen Hals gelegt und hat gebeten und gebettelt, ihre Haare haben gut gerochen und ich war auch ganz sicher, daß der Vertreter inzwischen über alle Berge war. Der Mann in der Zelle seufzte und der Beamte wußte nicht, was er sagen sollte, sagte nur vorsichtig, es ist also nichts geschehen, und der Häftling antwortete, doch Herr Pfarrer, es ist vermutlich etwas geschehen. Es ist wieder ein Kind gezeugt worden, ein Kind des Waldes vielleicht mit kleinen Hörnern oder das Kind eines Mannes, der eine Nummer auf dem Rücken trägt, die Nummer 304. Und nachdem das geschehen und die Dämmerung heraufgekrochen ist, hat die Frau den Mann beschworen, ins Gefängnis zurückzugehen, und sie hat auch schon gewußt, daß man für einen Fluchtversuch nicht bestraft werden kann und daß nur der Wachmann fünfzig D-Mark Buße zahlen muß.

Also kommen Sie jetzt?, fragte der Beamte, dem der Schweiß auf der Stirne stand, weil es so heiß in der Revierstube war und weil er sich die ganze Zeit hatte zusammennehmen müssen, um den Gefangenen nicht zu unterbrechen und nicht zu schreien.

Ja, ich komme, sagte der Mann, weil ja doch alles nicht zu verstehen ist, und am liebsten stände ich morgen wieder auf der Pflanzmaschine, aber sie werden mich nicht lassen, der Wachmann wird es nicht wollen und auch der Gärtner nicht.

Der Gärtner, sagte der Beamte rasch und unwillkürlich, hat keine Anzeige erstattet.

Sie können mich abholen, sagte der Mann in der Zelle erleichtert, ich stehe vor dem Telefonhäuschen in der Friedrich-Ebert-Straße bei der Esso-Tankstelle, und da bleibe ich auch stehen, Herr Kommissar.

Wachtmeister, sagte der Beamte zerstreut und schrieb die Adresse auf einen Zettel und einer der Polizisten sprang

auf und steckte sich Handschellen ein. Der Beamte stand auch auf, sein Dienst war zu Ende, er ging zu Fuß nach Hause, der Weg war nicht weit. Zu Hause setzte er sich an den Abendbrottisch, seine Frau war noch nicht alt, aber bleich und mürrisch, Kinder hatten sie nicht. Er sprach während des Essens kein Wort. Als seine Frau den Tisch abräumte, rief er noch einmal das Revier an und ließ sich etwas berichten, wozu er mit dem Kopf nickte und am Ende nur sagte, es ist gut. Der Ausreißer ist wieder da, sagte er zu seiner Frau und hatte die Türklinke zum Schlafzimmer schon in der Hand. Na und, fragte die Frau, und auf ihrem unlustigen Gesicht erschien eine kleine Hoffnung, auf etwas Besonderes, schweren Einbruch, Vergewaltigung, Mord.
Und nichts, sagte ihr Mann und lächelte vor sich hin.

Der Schriftsteller

1

Vor etwa 14 Tagen habe ich den Entschluß gefaßt, etwas zu lassen und etwas anderes zu tun. Meiner Frau habe ich von meinem Vorhaben nichts mitgeteilt und sie hat auch nichts davon bemerkt. Sie kommt oft unversehens in mein Arbeitszimmer, gerade eben war sie wieder da. Ich habe gehört, wie sie die Türe ihres Zimmers aufgemacht hat und über den Korridor gegangen ist, und natürlich habe ich meine Vorbereitungen getroffen. Ich habe ein bereits halb beschriebenes Blatt vor mich hingelegt und in dem Augenblick, in dem meine Frau ins Zimmer trat, dem Geschriebenen zwei oder drei Worte hinzugefügt. Da ich einen Kugelschreiber benütze, ist ein Unterschied zwischen der alten und der neuen Schrift nicht festzustellen. Außerdem kontrolliert meine Frau mich nicht. Sie kommt nur herein, um zu fragen, ob ich einen Espresso trinken will oder einen Schnaps, oder ob ich vielleicht Kopfschmerzen habe und eine Tablette brauche. Sie legt mir die Hand auf die Schulter und ich sage, ja, liebes Kind, oder, ist was? Und an dem Ton, in dem ich das sage, merkt meine Frau gleich, ob sie stört oder ob ich mich freue, eine kleine Pause zu machen. Wenn ich, wie eben, ungeduldig antworte, zieht sie sich sofort zurück. Sie ist nicht gekränkt, sondern zufrieden, daß ich, wie sie meint, mit meiner Arbeit so gut weiterkomme. Daß ich überhaupt nicht mehr arbeite, weiß sie nicht.

2

Vor kurzem war ich, angeblich um an einem Schriftstellerkongreß teilzunehmen, einige Tage verreist. Meine Frau hatte mich an diesen Kongreß erinnert und meinen Handkoffer gepackt. Sie selbst pflegt bei solchen Anlässen zu Hause zu bleiben. Sie hat die Vorstellung, ein Mann brauche das Alleinsein, wenigstens von Zeit zu Zeit, fürchtet wohl auch, mich bei etwaigen Gesprächen mit meinen Kollegen zu stören. Daß es zu solchen Gesprächen bei Tagungen beinahe nie kommt, glaubt sie nicht, und jedesmal, wenn ich von einer derartigen Reise zurückkomme, fragt sie, wie war es mit dem und mit dem, und will eine Menge erzählt bekommen. Auch gestern, als sie mich auf dem Bahnhof abholte, fing sie gleich zu fragen an. Da ich ihr aber nichts anderes als, es war wie immer, zur Antwort gab, wurde sie still, sie nahm wohl an, daß ich von der langen heißen Reise erschöpft oder aus irgendeinem Grunde in schlechter Stimmung sei. Als sie mit ihren raschen kräftigen Schritten vor mir auf die Sperre zuging, kam ich zum ersten Mal auf den Gedanken, ihr die Wahrheit oder doch einen Teil der Wahrheit zu sagen. Hör zu, sagte ich, ich war nicht bei der Tagung, ich hatte keine Lust. Ich bin unterwegs ausgestiegen und bin mit der Kleinbahn weitergefahren, zwei oder drei Stationen weit. Dort, wo ich den Zug verlassen habe, war nichts als ein Bahnhof und eine Bahnhofswirtschaft, der Ort lag drei Kilometer von der Station entfernt, und ich habe ihn nie gesehen. Ich bin in der Bahnhofswirtschaft geblieben, man hat mir dort auch ein Zimmer gegeben. Ich habe die Tage in der Wirtsstube zugebracht und habe mich damit beschäftigt, Biergläser auszuspülen. Während ich das sagte, sah ich meine Frau von der Seite an, ich erwartete, daß sie sich wunderte oder mir Vorwürfe machte, sie nimmt es mit meinen sozialen Verpflichtungen sehr genau. Sie machte mir aber keine Vorwürfe, sondern fragte interessiert, wie der Wirt gewesen sei, und was die Leute erzählt hätten, die dort ihr Bier getrunken hatten. Der Wirt, sagte ich, war eine Schlafmütze, und mit den Gästen habe ich nicht gesprochen, ich habe nur Gläser gespült. Meine Frau lachte wie jemand, der es besser weiß, sie war offensichtlich überzeugt davon, daß ich auf dieser Reise Studien gemacht oder, wie sie es nennt, Material gesammelt habe. Es wird schwer sein, ihr zu erklären, was ihr erklärt werden muß.

3

Obwohl ich schon seit vier Wochen nicht mehr geschrieben habe, gibt es doch noch immer zu tun. Es werden Anthologien geplant, in denen die eine oder andere meiner Kurzgeschichten erscheinen soll, bereits zugesicherte Vorträge stehen im Kalender, die verschiedenen Wer-ist-wer's schicken ihre alten Eintragungen, die ich redigieren soll. Außerdem hat ein Schriftsteller, wenn er nicht mehr jung und unbekannt ist, eine Unzahl von Briefen zu beantworten. Wenn ich all diese kleinen Arbeiten erledigt habe, beginne ich in meinem Zimmer auf und ab zu gehen, oft verlasse ich auch das Haus, um Zeitungen zu kaufen oder um durch die Straßen zu gehen. Ich empfinde es als eine Wohltat, nicht mehr auf alles aufpassen und alles zur Kenntnis nehmen zu müssen, wie das ein Schriftsteller für gewöhnlich tut, ganz unwillkürlich tut. Die Welt ist da, wie immer, aber ich muß sie nicht in meine Fänge bekommen, wie ein alter satter Raubvogel schwebe ich über ihr hin und rühre meine Flügel nicht. Zuweilen, wenn ich nach Hause komme, gehe ich in die Küche und biete meiner Frau an, ihr bei der Bereitung des Mittagessens behilflich zu sein. Ich weiß, daß es für Frauen schwer zu ertragen ist, wenn ihre Männer sich plötzlich um Dinge kümmern, von denen sie im allgemeinen nicht das geringste wissen wollen. Ich rechne es meiner Frau hoch an, daß sie in solchen Fällen die Geduld nicht verliert. Auch heute war sie sehr freundlich und ließ mich Kartoffeln schälen, machte auch am Nachmittag mit mir einen Spaziergang am Fluß, ohne zu fragen, wieso ich Zeit dazu habe, und ob ich vielleicht mit meiner Arbeit nicht weiterkäme.

4

Daß ich mich immer noch so viel mit meinem früheren Leben, dem eines Schriftstellers, beschäftigen muß, verdrießt mich sehr. Ich habe darum angefangen, einen guten Teil der Post, die ich morgens aus dem Briefkasten hole, besonders Briefe von Verlagen, Rundfunkanstalten und literarischen Gesellschaften, zu unterschlagen. Meiner Frau, der ich meine Antworten in die Maschine zu diktieren pflege, sage ich, es sei nichts oder fast nichts gekommen, was sich mit der sommerlichen Jahreszeit einigermaßen rechtfertigen läßt. Die Briefe zu zerreißen, wage ich nicht. Ich stapele sie in meinem Schreibtisch, den ich jetzt, zum ersten Mal im Leben, verschlossen halte. Die Zeit, die ich durch das Nichtbeantworten der Post gewinne, benütze ich dazu, mich mit meiner Zukunft zu beschäftigen. Ich lese die Zeitung, und besonders aufmerksam jene Seiten der Zeitung, auf denen Stellenangebote stehen. Es gibt da immer einige Arbeiten, die mich reizen, ja manchmal überkommt es mich geradezu, wie ein Rausch, ich könnte dies tun oder jenes, ich habe die Wahl, etwas wie eine neue Jugend bricht für mich an. Natürlich sage ich meiner Frau von meiner Absicht, den Beruf zu wechseln, nichts. Sie muß langsam darauf vorbereitet werden. Vorläufig glaubt sie, daß ich mich in einer Krise, die sie wahrscheinlich als »Schaffenskrise« bezeichnen würde, befinde. Sie geht mit mir um wie mit einem Kranken, wobei es sie nur zu verwirren scheint, daß ich so guter Laune bin.

5

Gerda, das ist der Name meiner Frau, hat mir heute vormittag einen großen Umschlag voller Zeitungsausschnitte gebracht. Sie hat diese Zeitungsausschnitte über meinem Schreibtisch ausgeschüttet und dazu gelacht wie ein Kind. Ich habe das, hat sie gesagt, für dich gesammelt, es sind Kriminalfälle, aber nicht nur solche, auch menschliche Tragödien, vielleicht wirst du das eine oder andere davon brauchen können. Viele Schriftsteller, und nicht die schlechtesten, haben ihre Stoffe der Tageszeitung entnommen. Ich bedankte mich und Gerda ging wieder, sie nahm wohl an, daß ich mich mit großer Gier auf die Mordfälle und die menschlichen Tragödien stürzen würde, ich habe aber alles gleich weggelegt, und bin auch, obwohl es mir leid tat, meine Frau zu enttäuschen, am Abend nicht mehr auf ihre Sammlung zurückgekommen. Gerda hat ihre freundlichen Bemühungen, mir einen Stoff zu verschaffen, daraufhin keineswegs aufgegeben. Noch am Nachmittag stürzte sie, ohne alle Rücksicht, in mein Zimmer. Ich war dabei, mich in der Kurzschrift zu üben, die ich als Student erlernt, aber längst wieder vergessen habe. Meine Frau achtete auf meine Beschäftigung nicht. Unten, sagte sie erregt, du weißt, auf dem Plätzchen, sitzt ein alter Mann, der von Zeit zu Zeit mit der Hand über sich in die Luft greift, so, als habe er die Absicht, einen dort vorüberfliegenden Vogel oder Schmetterling zu fangen. Es sitzen noch zwei Männer auf der Bank. Arbeiter, die ihre Brote verzehren. Der alte Mann versucht, ihnen etwas zu erzählen, aber sie hören nicht zu. Ich deckte ein paar leere Blätter über meine Kurzschriftversuche und erhob mich, offenbar sollte ich hinuntergehen und mit dem alten Mann sprechen, der über sich in die Luft griff, um dort nicht vorhandene Vögel zu fangen. Natürlich tat ich Gerda den Gefallen, aber ich trödelte auf der Treppe, und als ich hinkam, war, zu meiner Erleichterung, der Mann nicht mehr da. Als Gerda erfuhr, daß ich den Alten nicht mehr getroffen hatte, fing sie fast zu weinen an. Es scheint, daß sie beginnt, sich um mich große Sorgen zu machen.

6

Ich habe heute meinen Schwager aufgesucht, um mit ihm über meine Berufspläne zu sprechen. Mein Schwager ist im Vorstand eines bedeutenden Industrieunternehmens, ein Mann der Tat, der von Literatur nichts versteht, und der, abgesehen davon, daß es ihm an Zeit zum Lesen mangelt, wohl auch nicht viel für sie übrig hat. Mein Schwager schien über meinen Besuch erfreut, er sagte, was verschafft mir die Ehre, oder etwas dergleichen, was er wahrscheinlich sogar ernst meinte; seit ich bekannt bin, ist mein Schwager beinahe stolz darauf, mit mir verwandt zu sein. Er bot mir eine Zigarre und den Besucherstuhl an, setzte sich hinter seinen Schreibtisch und sah mir erwartungsvoll ins Gesicht. Ich möchte, sagte ich möglichst obenhin, meinen Beruf wechseln. Ich bin gekommen, um dich zu fragen, ob es in deinem Betrieb eine Verwendung für mich gibt. Mein Schwager, der einige Jahre älter als ich und ziemlich dick ist, wurde so rot, als hätte ich eine unanständige Bemerkung gemacht. Das ist doch nicht dein Ernst, sagte er, wahrscheinlich um Zeit zu gewinnen. Er war aber bereits böse und fing auch gleich an zu schelten oder, wie mein Vater zu sagen pflegte, mir die Leviten zu lesen. Du mit deinen Auflagen, sagte er, mit deinen guten Kritiken, das ist doch Wahnsinn, eine Künstlerlaune, wenn wir uns so etwas erlauben würden, nur weil wir uns über irgend etwas geärgert haben, wo kämen wir da hin, an den Bettelstab. Überhaupt habe ich immer sagen hören, das Schreiben sei gar kein Beruf, sondern eine Berufung, so weit her scheint es damit nicht zu sein. Ich war froh über das Wort, das da gefallen war. Berufen, sagte ich rasch, ja vielleicht, aber doch nicht für immer, möglicherweise nur für eine Zeitlang, und dann wieder entlassen, nur, eine Lebensversicherung gibt es bei dieser Art von Arbeit nicht. Obwohl ich meine etwas feierliche Mitteilung mit einem Scherz beschlossen hatte, lächelte mein Schwager nicht, sondern sah mich mißtrauisch an, er erinnerte sich wohl erst jetzt daran, daß der Satz, mit dem ich mich bei ihm eingeführt hatte, aus zwei Teilen bestanden hatte und daß der zweite Teil eine Frage gewesen war. Schlag dir das aus dem Kopf, sagte er, du kannst weniger als mein jüngster Lehrling, obwohl das noch nicht einmal die Hauptsache ist. Und was ist die Hauptsache, fragte ich, es kam aber in diesem Augenblick die Sekretärin herein, vielleicht hatte mein Schwager, um mich loszuwerden, auf einen der auf seinem Schreibtisch angebrachten Klingelknöpfe gedrückt. Mein Schwager antwortete nicht, er begann Briefe zu unterschreiben, ich konnte ihn nur noch bitten, meiner Frau von unserer Unterredung nichts zu sagen, obwohl mir das in der Gegenwart der Sekretärin sehr peinlich war. Ja, die arme Gerda, sagte mein Schwager und drückte mir die Hand. Er machte ein Gesicht, als kondoliere er meiner Frau zu meinem Ableben, worüber ich auf dem Vorplatz lachen mußte. In gewissem Sinne aber hatte er damit sogar recht, und überhaupt ist er kein dummer Mensch.

7

Heute rief mich mein Verleger an, um den Titel meines neuen Romans zu erfahren. Ich hätte ihm sagen können, daß von diesem Buch noch keine einzige Zeile geschrieben ist und daß auch keine einzige Zeile je geschrieben werden wird. Meine Frau war aber in der Nähe, sie stand sogar neben mir, weil sie mir gerade einen Brief unseres Sohnes vorgelesen hatte. Ich hatte mir schon lange überlegt, auf welche Weise ich ihr meinen Entschluß, nicht mehr zu schreiben, mitteilen sollte. Auf keinen Fall sollte sie ihn durch einen reinen Zufall erfahren. Ich sagte darum meinem Verleger, einen Titel wisse ich noch nicht, und wieso überhaupt schon, das sei doch ganz gleichgültig und eigentlich könne einem ein Titel doch erst einfallen, wenn man das ganze Buch fertig vor sich liegen habe. Mein Verleger widersprach, er habe die Absicht, sich um einen Vorabdruck in einer großen Tageszeitung zu bemühen, dazu brauche man einen Titel, und wenn es auch nur ein vorläufiger, ein sogenannter Arbeitstitel sei. Schließlich sagte ich ihm ein Wort, das mir gerade einfiel, nämlich Nebbich, was ein jiddisches Wort für eine schlechte Sache ist, ein verächtliches Wort. Das gibt es schon, sagte mein Verleger ärgerlich. Wir redeten noch eine Weile hin und her, und schließlich versprach ich, ihm meinen Titel schriftlich oder gar telegraphisch mitzuteilen. Als ich den Hörer aufgelegt hatte, erinnerte ich meine Frau daran, wie unser Sohn, dessen Brief aus dem Ferienheim sie gerade in der Hand hielt, sich in den ersten Schulklassen geschämt hatte, den Beruf seines Vaters richtig, nämlich mit dem Wort Schriftsteller anzugeben. Weißt du noch, was er statt dessen hingeschrieben hat, sagte ich und fing an zu lachen, Bierkutscher, und da das starke Männer mit starken Pferden sind, ist das wohl zu verstehen. Meine Frau lachte auch, aber ich bemerkte, daß es ihr nicht sehr angenehm war, an die alte Geschichte erinnert zu werden. Inzwischen, sagte sie, ist unser Sohn sehr stolz auf dich, und dann las sie mir den Schluß des Briefes vor, in dem sich der Junge tatsächlich nach »Papis neuem Buch« erkundigte und fragte, wie weit ich damit sei.

8

Eben, als ich allein in der Wohnung war, habe ich meinen Schwager angerufen. Es interessierte mich doch, was er mit jener Hauptsache gemeint hatte, die dann, absichtlich oder unabsichtlich, nicht mehr zur Sprache gekommen war. Vielleicht war auch er von dem Ausgang unserer damaligen Unterhaltung unbefriedigt – jedenfalls schien er sich über meinen Anruf zu freuen. Was ich mit der Hauptsache gemeint habe, sagte er wohlgelaunt, das ist doch klar, die Unmöglichkeit, dich irgendwo einzuordnen, du bist zu bekannt. Die Leute, mit denen du zu tun hättest, wären nicht unbefangen, sie haben deine Stimme zu oft im Rundfunk gehört, dein Bild zu oft in den Zeitungen gesehen. Sie würden sich genieren, mit dir über etwas so Banales wie ihre Geschäfte zu sprechen. Sie würden an dem Phänomen, daß du bei uns beschäftigt bist, herumrätseln und im besten Falle würden sie glauben, daß du die Mitteilungen, die sie dir machen, schriftstellerisch verwenden willst. Sie könnten aber auch glauben, daß dir im Augenblick nichts einfällt, und dann würden sie es mir sehr übelnehmen, daß ich, anstatt dir über diese Zeit finanziell hinwegzuhelfen, dich eine dir so unwürdige Arbeit verrichten lasse. Das kann sein, sagte ich. Nicht wahr, sagte mein Schwager, der sich über meine Zustimmung freute. Dann forderte er mich auf, mich, wie er sich ausdrückte, zusammenzureißen; man müsse das tun, was man gelernt habe und worauf man sich verstünde, er selbst käme ja auch nicht auf den Gedanken, eines Tages plötzlich vom Büro wegzubleiben, um einen Roman zu schreiben. Übrigens sei ich doch wohl in der Lage, eine Reise zu machen, mit Gerda oder auch allein, es gäbe noch immer Länder, in die sich der Touristenstrom noch nicht ergösse, er wolle mir von diesen Weltgegenden Prospekte schicken schicken Neue Eindrücke, sagte er, was meinst du dazu, und weil es mir unangenehm war, ihn merken zu lassen, daß er mich nicht verstanden hatte und nie verstehen würde, bedankte ich mich. Gerda weiß nichts, setzte ich zur Sicherheit noch hinzu; und soll auch nichts erfahren, sagte mein Schwager, und lachte, so als hätten wir jetzt ein Geheimnis zusammen, ein männliches Geheimnis von zweideutiger Art. Ich konnte mir gut vorstellen, wie er eines Tages, vielleicht in einer Tischrede bei der Hochzeit meines Sohnes, auf dieses Geheimnis anspielen würde, wir beide, und, wenn ich damals nicht gewesen wäre, und alle würden denken, daß er mich von einem gefährlichen Seitensprung zurückgehalten habe.

9

Auf Wunsch meiner Frau, die es offenbar für nötig hält, mich zu zerstreuen, haben wir einige Leute eingeladen. Keine Schriftsteller, sagte ich gleich, als meine Frau sich mir gegenübersetzte, um eine Liste der einzelnen Gäste zu machen. Meine Frau wunderte sich darüber nicht. Sie weiß, daß ich mit Kollegen nur gern allein zusammenkomme, und am liebsten in einer Kneipe, wo wir uns Fragen, wie machst du dies, wie machst du das, ungestört vorlegen können. Gerda schüttelte also gleich den Kopf und las mir eine Reihe mir größtenteils unbekannter Namen vor. Du mußt neue Leute kennenlernen, sagte sie energisch, laß mich nur machen, es ist für jeden eine Ehre, bei dir eingeladen zu sein. Bei wem, dachte ich, bei dem, der ich einmal war und nicht mehr sein will, und versuchte – aber vergeblich – meine Frau von ihrem Vorhaben abzubringen. Heute abend, als die Gäste kamen, erwies sich, daß Gerda mit »neuen Leuten« vor allem Frauen, genauer gesagt schöne und junge Mädchen, gemeint hatte. Sie stellte mich einem dieser hübschen Geschöpfe nach dem andern vor und gab genau acht, welche ich bewundernd ansah, welche mich dazu reizte, Spaß zu machen, und welche mich gleichgültig ließ. Eine Brautschau, dachte ich belustigt, und wahrscheinlich hätte mir dieses ganz rührende Unternehmen meiner Frau unter anderen Umständen sogar Freude gemacht. Es ist mir aber heute abend, während ich mich, scheinbar gut gelaunt, bald hier, bald dort, zwischen die Mädchen setzte und ihnen recht derbe Geschichten erzählte, immer wieder das altmodische Wort »junges Blut« in den Sinn gekommen. Mit jungem Blut kann man altes, verdorbenes auffrischen, und in die Betten lebendig verwesender alter Könige wurden rosige Mädchenleiber gelegt. Es kränkt mich, daß Gerda meine, wie sie wohl annimmt, nachlassende Arbeitskraft auf diese Weise beleben will. Ich weiß auch, daß es sie schwer ankommen würde, mich mit einem dieser Mädchen zu verkuppeln. Sie muß sich um mich große Sorgen machen.

10

Ich bin in den letzten Tagen nicht müßig gewesen. Ich habe mich bei drei Arbeitgebern vorgestellt und mich bei drei weiteren schriftlich beworben. Von den Herren, die ich persönlich aufsuchte, sagten zwei, wie, doch nicht der Schriftsteller, woraufhin sie versprachen, mir jeden Einblick in ihren Betrieb zu gewähren, indem sie mich, etwa ein Vierteljahr lang, von einer Abteilung in die andere schickten. Wir müssen nur, sagten diese Herren, indem sie mir zuzwinkerten, den Schein wahren, Sie müssen auch einmal mit anpacken, meine Leute werden sonst mißtrauisch, Sie verstehen. Ich verstand und empfahl mich. Der dritte Arbeitgeber kannte mich nicht, nahm aber gleich Anstoß, vielleicht an meinem gutgeschnittenen Anzug, vielleicht an meiner Bescheidenheit, die auf manche Leute wie Hochmut wirkt. Er verlangte Referenzen, die ich ihm natürlich nicht geben konnte. Als ich sagte, daß ich bisher geschrieben habe, verlangte er zu wissen, in welchen Zeitungen, ich nannte keine Namen, und er wurde sofort mißtrauisch, witterte politisch Anrüchiges und entließ mich schroff. Von meinen Bewerbungsschreiben wurden, was bei dem heutigen Mangel an Arbeitskräften erstaunlich ist, zwei überhaupt nicht beantwortet. Ich hatte allerdings, der Wahrheit gemäß, geschrieben, daß ich bisher eine künstlerische Tätigkeit ausgeübt habe. Der einzige Antwortbrief, den ich bekam, bezog sich denn auch darauf. Sie werden sich, so hieß es in diesem übrigens höflich gehaltenen Schreiben, bei Ihrem Vorleben in dem harten Existenzkampf unserer Tage kaum zurechtfinden und müssen wir deshalb auf Ihre geschätzte Mitarbeit verzichten. Das Wort »Vorleben« wie auch der kaufmännische Stil erheiterten mich, ich sah aber auch, daß ich auf diesem Wege nicht weiterkommen würde. Ich habe darum angefangen, im Hinblick auf eine viel einfachere, nur auf meinen Muskelkräften beruhende Tätigkeit das zu betreiben, was man neuerdings Body-building nennt. Wenn ich allein in meinem Zimmer bin, bücke ich mich und hebe einen schweren Stapel von Büchern auf den Tisch, welche Übung ich zehn oder zwanzig Mal wiederhole. Als ich eben, nach Beendigung dieses lächerlichen Sports, in den Spiegel sah, erschrak ich: mein vor Schweiß triefendes Gesicht war grau, das Weiße in meinen Augen wie zersprungen, von blutigen Äderchen durchsetzt.

11

Obwohl in den Büchern, die ich bis vor kurzem geschrieben habe, das Irreale einen so breiten Raum einnimmt, bin ich doch kein unpraktischer Mensch. Augenblicklich bin ich damit beschäftigt, für die nächsten Jahre so etwas wie einen Finanzplan aufzustellen, wobei es sich natürlich nicht um mich, sondern um meine Frau und um unseren Sohn handelt. Daß meine Frau sich einschränkt, zumindest in eine kleinere Wohnung und in eine billigere Gegend zieht, finde ich keine ungerechte Forderung. Auf Grund meiner Steuererklärungen, die ich natürlich nicht allein, sondern mit Hilfe eines Sachverständigen abfasse, kann ich feststellen, welche Einnahmen in den nächsten fünf Jahren noch zu erwarten sind. Man muß dabei freilich berücksichtigen, daß die Zahl der Jahre, in denen ein Buch, wie es heißt, »geht«, sehr viel geringer ist als früher und daß zwar der Tod eines Autors den Verkauf vorübergehend beleben mag, daß aber ein Verstummen oder Verschwinden gewiß das Gegenteil bewirkt. Das Wenige, das wir auf der Bank haben, darf natürlich nicht angetastet werden, ebenso wie die kleine Sammlung unteritalienischer Goldmünzen, die ich aus reiner Freude an den herrlichen Prägungen angelegt habe. Ich höre immer, daß es teuer ist, alt zu werden, und für diese Zeit soll meine Frau einen Notpfennig haben. Auch die Ausbildung unseres Sohnes soll aus diesem Zurückgelegten bestritten werden. Ich werde meiner Frau im gegebenen Augenblick alles erklären.

12

Ich muß heute von einem, allerdings bereits überwundenen Rückfall berichten. Ich las, mehr durch Zufall als mit Absicht, ein kleines Gedicht einer mir bekannten Lyrikerin, das den Titel ›Schluß‹ trägt. Wahrscheinlich hat mich überhaupt nur dieser Titel dazu gebracht, die Verse zu lesen. In dem Gedicht fordert jemand jemanden, wahrscheinlich die Autorin sich selbst, auf, sich ihr »Gedicht in den Hals zu schlagen«, also zu schweigen, und zwar um besser zu hören, was wirklich vor sich geht, nämlich das Zerriebenwerden der Menschen im Getriebe der Zeit. Diese Verse haben meinen Widerspruchsgeist erweckt. Auf ein paar Seiten habe ich aufgeschrieben, was *ich* hören würde, wenn ich schwiege, oder was ich bereits höre, einen ganzen Chor von Stimmen, die alle mit Literatur nicht das geringste zu tun haben, die aber alles andere als das Knirschen eines ohnmächtigen Sandkornes sind. Ich habe diese Seiten sofort zerrissen. Ich berichte von dem Zwischenfall nur, um zu zeigen, wie leicht ein lebenslang geübtes Handwerk wieder Macht über einen Menschen gewinnt.

13

Ich habe heute auf der Straße einen Mitbewohner unseres Hauses getroffen und habe das letzte Stück meines Heimwegs mit ihm zurückgelegt. Dieser Mann, den ich übrigens kaum kenne, ist in der Verwaltung der Städtischen Krankenanstalten angestellt. Er erzählte mir, daß eine ganze Abteilung dieser Krankenanstalten kürzlich aus Mangel an Pflegepersonal habe geschlossen werden müssen. Über diesen Personalmangel verbreitete er sich noch des längeren und erwähnte dabei, daß auch der Bedarf an männlichen Pflegern, besonders an solchen für die psychiatrische Klinik, nicht mehr gedeckt werden könne. Ich horchte auf und erkundigte mich, ohne mein Interesse allzu deutlich zu zeigen, nach den Voraussetzungen, unter welchen eine männliche Person in dieser Klinik angestellt werden könne. Ich erfuhr, daß bei den modernen Methoden der psychiatrischen Behandlung durchaus nicht nur Pfleger von herkulischer Körperkraft, sondern auch solche mit Intelligenz und Einfühlung gesucht würden. Indem waren wir im Flur unseres Hauses angelangt, ich verabschiedete mich und bedankte mich herzlich, und er sah mich verwundert an. Bei Tisch war ich schweigsam und zerstreut, ich dachte daran, daß ich, falls ich das Amt eines Pflegers übernähme, gewiß einen anderen Namen bekommen würde, da wäre ich für die Welt gestorben, gerade wie einer, der ins Kloster geht. Der Pfleger Franz, der Bruder Franz, und sieht er nicht jemandem ähnlich, aber die das behaupten könnten, wären Irre, unglaubwürdig von vornherein. Der Pfleger Franz, der Bruder Franz, und wie im Kloster bekommt man seine Arbeit zugeteilt, seine Kleidung angemessen, sein Essen gestellt. Da Gerda nach Tisch keine Anstalten machte, das Haus zu verlassen, ging ich selbst aus, telefonierte von einer Telefonzelle aus mit der Klinik und bekam alles bestätigt, was ich von unserem Hausgenossen erfahren hatte. Am nächsten oder übernächsten Tag sollte ich mich dort vorstellen, unter Umständen gleich im Krankenhaus bleiben. Als ich die Telefonzelle verließ, hatte ich so starkes Herzklopfen, daß ich erst einen langen Spaziergang machen mußte, um Gerda so erregt nicht vor Augen zu kommen.

14

Heute vormittag erinnerte mich meine Frau, die am Kulturleben der Stadt regen Anteil nimmt, an ein heute stattfindendes Gastspiel auswärtiger Schauspieler, die in einem viel besprochenen, uns noch unbekannten Stück auftreten sollten. Am Abend, während sie sich, mit der kindlichen Freude, die sie vor jedem Theaterbesuch erfüllt, umzog, äußerte sie die Absicht, für ein paar Tage in das kleine Seebad zu reisen, in dem unser Sohn seine Ferien verbringt.

Sie forderte mich auf, mitzukommen, falls ich nicht gerade sehr beschäftigt sei. Während sie das sagte, standen wir nebeneinander vor dem Schlafzimmerspiegel, ich band meine Krawatte, sie legte ihre Kette um, sah mir aber dabei aufmerksam ins Gesicht. Ich bin sehr beschäftigt, sagte ich rasch, merkte aber, daß sie mir nicht glaubte, und wunderte mich nur, daß sie trotzdem zufrieden schien. Ihr Lächeln war, wie sich bald herausstellte, das Lächeln eines Menschen, der sich über das schlechte Befinden eines ihm nahestehenden Kranken nur deshalb nicht aufregt, weil er ein neues, unfehlbar wirkendes Mittel bereits in der Tasche hat. Meine Krankheit war, nach der Ansicht meiner Frau, ein Mangel an Einfällen, vielleicht auch eine Unlust, immer weiter im selben Stil zu schreiben, und eine Unfähigkeit, neue Ausdrucksformen zu finden. Ihr Heilmittel war das Theater, diese bestimmte Aufführung, dieses bestimmte Stück. Vielleicht ist es nötig zu sagen, daß Gerda immer gewünscht hat, ich solle für die Bühne schreiben. Es ist einer ihrer naiven Träume, eines Tages zu erleben, wie ich, von einer Schauspielerkette durch den Vorhangspalt gezerrt und von knatterndem Beifall umtobt, mich linkisch verneige – diesem Traum hing sie auch heute abend wieder nach. Ich bemerkte nicht ohne Rührung, wie sie mich während der Vorstellung von der Seite beobachtete, wobei es ihr wahrscheinlich ganz gleichgültig war, ob das Stück etwas taugte oder nichts taugte: ich sollte angeregt werden, und es ist ja bekannt, daß man von Gutem wie von Schlechtem gleichermaßen angeregt werden kann. Ich wurde aber nicht angeregt, das Stück langweilte mich, und ich fand die ganze Einrichtung des Theaters absurd, so, wie sie einem erscheinen muß, der lange im Urwald gelebt hat, oder der unmittelbar von der Front in ein Hauptstadttheater kommt. Wir mußten danach noch mit Freunden ausgehen und dieses Hinterher war mir vollends widerwärtig, ich war nur froh, daß es über alldem so spät wurde, daß wir ohne alle Gespräche schlafen gingen.

15

Ich frage mich, warum ich Gerda nicht schon lange reinen Wein eingeschenkt habe. Auch die Leser dieser Aufzeichnungen, wenn es sie gäbe, würden sich darüber wundern oder sogar ärgerlich werden. Schließlich, so würden sie vermutlich sagen, ist diese Gerda doch eine recht vernünftige Person, und er wagt nicht, offen mit ihr zu sprechen, ein rechter Ehekrüppel, und das will ein Künstler sein oder doch einmal gewesen sein. Vielleicht würden diese Leser auch annehmen, daß ich meiner Sache nicht sicher sei und deshalb nicht davon sprechen wolle, so wie man seinen Entschluß, das Rauchen aufzugeben, auch nicht gerne laut werden läßt. Aber diese Annahmen entsprechen den Tatsachen nicht. Ein Schriftsteller ist meistens ziemlich einsam und seine Frau ist für ihn die Verbindung mit der Welt. Sie ist die Welt mit ihren Anforderungen, ihrer Unerbittlichkeit und ihrem schrecklichen Vertrauen. Ob man noch oder längst nicht mehr in sie verliebt ist, ändert daran nichts. Ich bin meiner Sache sicher, und ich habe nicht die Absicht, einer Auseinandersetzung mit Gerda aus dem Wege zu gehen. Trotzdem wäre es mir lieber, sie würde mich ohne alle Worte verstehen.

16

Heute abend, es ist der Abend vor Gerdas Abreise an die See, habe ich zuerst in meinem Zimmer gesessen, dann auf der Veranda, weil es sehr heiß war und nicht abkühlen wollte. Während ich in die schwarzen Baumkronen der Nachbargärten starrte, malte ich mir aus, was für eine Art

Leben ich in der psychiatrischen Klinik führen würde. Ich war ruhig und heiter gestimmt. Ich hörte, wie meine Frau im Schlafzimmer ihre Sachen packte, und dachte daran, daß ich sie zunächst lange nicht und später nur an den Sonntagen sehen würde –, das war der Preis, den ich für meine Freiheit zu zahlen hatte, es war mir recht so und ich litt darunter nicht. Ich hatte die Absicht, ihr ins Seebad zu schreiben, ihr aber vorläufig keine Adresse anzugeben, sie sollte annehmen, daß auch ich verreist sei, ich war ganz sicher, daß sie die Polizei nicht in Bewegung setzen würde. Mein Versteck schien mir gut gewählt, niemand würde mich dort suchen, und Gerda war gewiß die letzte, die ein Irrenhaus betrat. Dann fiel mir plötzlich ein, daß das gar nicht stimmte, Gerda hatte eine Freundin, die an leichten Depressionen litt und die sich in eben diesem Krankenhaus von Zeit zu Zeit einer Schlafkur unterzog.
Schon stellte ich mir vor, wie ich Gerda dort im Garten begegnete, ich führte einen Kranken, einen Spastiker, der seltsame Sprünge machte. Um den Kranken nicht vom Arm zu verlieren, machte ich seine Sprünge mit. Da der Kranke wie ich einen Kittel trug, konnte Gerda, die unter den Kastanien stand und zu uns herüberblickte, nicht unterscheiden, wer der Wärter und wer der Gewartete war. Entsetzt schlug sie ihre Hände vor das Gesicht. Während ich mit meinem Kranken um die Ecke verschwand, stand sie immer noch da, unter den halb entlaubten Bäumen, in dem hübschen Mantel, den ich ihr von meinem letzten Literaturpreis geschenkt habe, aber frierend und sehr allein. Dieses Bild habe ich noch immer vor Augen. In jedem Wetterleuchten taucht es wieder auf und es ist mir elend zumut.

17

Eben, kurz vor Mitternacht, ist Gerda, angeblich weil sie sich vor dem aufziehenden Gewitter fürchtete, auf die Veranda gekommen. Sie hat sich neben mich gesetzt und hat ihre Hand auf meine Hand gelegt. Sie hat mir zuerst mitgeteilt, was alles sie im Kühlschrank für mich gerichtet hat, und mich dann scherzend gefragt, ob ich mich in ihrer Abwesenheit mit einem der auf unserer Gesellschaft versammelten hübschen Mädchen verabreden würde, und ob ich die Absicht habe, mit dem Intendanten über ein von mir zu verfassendes Stück zu sprechen. Dann plötzlich hat sie sich unterbrochen und hat gesagt, ich weiß, du willst nicht mehr schreiben, gib es zu. Ich habe gedacht, woher kann sie das wissen, von meinem Schwager, oder steht es schon in der Zeitung, ich war aber sehr glücklich, daß sie so ruhig war, es waren jetzt keine Heimlichkeiten mehr nötig, und ich brauchte nicht in ihrer Abwesenheit aus der Wohnung zu fliehen. Ich bin froh, sagte ich, daß du es so aufnimmst, ich bin dir dankbar, und tatsächlich stiegen mir die Tränen in die Augen. Nicht wahr, sagte Gerda, ich verstehe dich, aber das ist nicht das Ende, du wirst schon sehen. Was ist denn noch, fragte ich beunruhigt, aber da war sie schon aufgestanden und blinzelte mir nur noch zu wie ein Kind, das ein Geheimnis nicht verraten soll und es am Ende doch verrät.

18

Nach unserem kurzen Gespräch auf der Veranda ist Gerda zu Bett gegangen. Sie hat nach ihrer Gewohnheit die Türe offengelassen, es ist dadurch eine starke Zugluft entstanden, und alle von mir auf dem Schreibtisch gerichteten Papiere sind auf den Fußboden und sogar bis zu mir auf die Veranda geweht. Es regnete schon, und ich hätte mich erheben und die Papiere aufsammeln sollen. Ich habe das aber zunächst nicht getan. Statt dessen bin ich auf der Veranda sitzen geblieben und habe mir überlegt, wie es wäre, wenn ich die Geschichte eines Mannes schriebe, der nicht mehr schreiben will. Dieser Mann sollte ein bestimmter Herr Soundso sein, zugleich aber auch der Mensch schlechthin. Der Mensch in einer Zeit, in der die Kunst nicht mehr das Wesentliche ist und das Wesentliche nicht mehr auszudrücken vermag. Der Mann sollte nicht träge sein, und er sollte auch keine Enttäuschungen erfahren haben. Er sollte sich nur einbilden, keinen Auftrag mehr zu haben und sollte versuchen, eine andere, ganz einfache Arbeit zu finden. Der Gedanke, ein solches Buch zu schreiben, erregte mich sehr. Vielleicht glaubte ich jetzt zu wissen, was meine Frau damit gemeint hatte, als sie gesagt hatte, daß noch nicht alles zu Ende sei. Jedenfalls habe ich, während auf die ausgetrockneten Gärten schon der Regen herabströmte, meinen Finanzplan und alle andern für Gerda bestimmten Papiere in den Schrank gepackt und einen Stapel weißer Blätter auf meinen Schreibtisch gelegt. Ich habe aus dem Telefonbuch die Nummer der psychiatrischen Klinik herausgeschrieben in der Absicht, am Morgen dort anzurufen und zu sagen, daß ich nicht kommen würde, noch nicht. Ich habe mich aber nicht sofort zum Schreiben hingesetzt. Statt dessen habe ich plötzlich angefangen zu lachen wie ein Verrückter und habe wie ein Verrückter mit den Fäusten auf den Schreibtisch geschlagen.

Natürlich ist meine Frau von dem Lärm sofort aufgewacht. Sie ist ganz schlaftrunken plötzlich dagestanden und hat gefragt, ob sie schon aufstehen müsse für ihren Zug. Nein, nein, habe ich gesagt, schlaf nur wieder, ich wecke dich schon. Sie ist gegangen und ich habe gedacht, sie wird sich freuen, obwohl ich davon überzeugt war, daß sie sich am Ende mit allem abgefunden hätte. Sie ist stark und kann auch leben, wenn es mich als Schriftsteller und sogar, wenn es überhaupt keine Schriftsteller, keine Maler und keine Komponisten mehr gibt. Aber so weit ist es noch nicht und vielleicht kommt es niemals so weit.

Der Tag X

Sie wissen schon, was für einen Tag ich damit meine. Das X steht da für ein U, U gleich Untergang, Weltuntergang nicht gerade, aber doch etwas Ähnliches, unsere Stadt weg, alle Häuser, Schulen, Bibliotheken, alle Männer und Frauen und Kinder, alles, wofür wir gelebt haben, und es mag sein, daß dann noch menschliche Wesen irgendwo herumkriechen, aber nicht lange, und was noch geboren wird, ist schon im Keime zerstört.

Dieser Tag X beschäftigt mich, ich mache mir meine Gedanken über ihn, aber in meiner Familie und auch unter meinen Freunden bin ich die einzige, die sich solche Gedanken macht. Ich darf auch nicht davon reden, ach, hör doch auf, heißt es gleich, dazu kommt es nicht und wenn es doch dazu kommt, erfahren wir es noch früh genug. Weil ich also nicht reden darf, muß ich es aufschreiben; ich muß diesen Tag X beschreiben, der natürlich anfängt wie alle Tage und auch weitergeht wie alle Tage, Sie werden schon sehen. Was für Wetter an dem Tag ist, kann ich natürlich nicht wissen, aber nehmen wir an, es ist schönes Wetter; nehmen wir an, der Sommer hat sich gewendet, die Sonnenblumen blühen. Ganz unvorbereitet sind wir nicht, es herrscht Krisenstimmung, eine politische Krise, wie gehabt, ja natürlich wie, besonders in dieser Jahreszeit, schon oft gehabt.

Ich wache an dem Tag früh auf, sehe durch einen Spalt zwischen den Vorhängen den reinen Septemberhimmel und dann schaue ich auf die Uhr. Es ist erst sieben Uhr, ich könnte meinen Mann noch eine halbe Stunde schlafen lassen, aber weil ich das bestimmte Vorgefühl habe, tue ich

es nicht. Vielmehr wecke ich ihn vorsichtig und sage, »du hast noch Zeit, aber es handelt sich um die Kinder, das heißt darum, ob die Kinder in die Schule gehen sollen oder nicht.«
Mein Mann setzt sich im Bett auf und reibt sich die Augen. »Warum denn«, fragt er, »warum nicht in die Schule, sind sie krank oder ist eine ansteckende Krankheit ausgebrochen, das hättest du gestern schon sagen können, du hast aber nichts gesagt.«
»Weil«, antworte ich, »keine ansteckende Krankheit ausgebrochen ist und die Kinder auch nicht krank sind und weil ich gestern abend noch nicht wußte, was ich jetzt weiß, nämlich, daß dies unser letzter Tag ist, und ich finde, wir sollen beisammen bleiben.«
»Unser letzter Tag«, wiederholt mein Mann ganz erstaunt, »wieso denn das«, und dann fängt er an zu lachen und sagt, »laß dich doch nicht verrückt machen, das kommt schon alles wieder in Ordnung, schließlich weiß ja jeder, daß dabei nichts herauskommt und daß es am Ende keine Sieger und keine Besiegten gibt.«
»Das hast du schon oft gesagt«, sage ich, während ich auf dem Bettrand sitze und meine Strümpfe anziehe, »es kann wahr sein, es muß aber nicht wahr sein, ich meine, daß das jeder weiß und sich auch danach richtet und heute ist es eben so weit, es ist unser letzter Tag.«
Mein Mann sieht mich ganz freundlich von der Seite an und dann schlägt er vor, die Zeitung aus dem Briefkasten zu holen, und ich weiß schon, daß ich an der Zeitung keine Stütze habe, weil ja, solange »es« nicht geschehen ist, nichts geschehen ist und weil keine Zeitung der Welt je schreiben würde, ihr müßt sterben, macht euch bereit.
»Na siehst du«, sagt mein Mann, nachdem er die Zeitung geholt und mir einiges daraus vorgelesen hat, Telegramme

und sogar Telefongespräche zwischen den Großmächten, »man sieht einen Ausweg, man wird ihn finden, übrigens habe ich die Kinder bereits geweckt.«
»Aber in die Schule gehen sie doch nicht«, sage ich, »und du, mir zuliebe, gehst auch nicht ins Büro.« – »Ich gehe ganz bestimmt«, sagt mein Mann, der bei der Bundesbahn beschäftigt ist, »und die Kinder gehen auch, was willst du ihnen sagen, warum nicht«, und damit steckt er den Stekker seines elektrischen Rasierapparates in die Dose, der Apparat summt ziemlich laut und ich weiß schon, daß mein Mann mich nicht mehr versteht.
Ich bin jetzt fertig angezogen und gehe ins Kinderzimmer, wo sonst um diese Zeit meistens eine trübe Stimmung herrscht; entweder liegen die Kinder noch in den Betten und man muß ihnen die Decke wegziehen oder sie sind ungewaschen bereits angezogen, haben ihr Vokabelheft oder ihr Mathematikheft aufgeschlagen und sagen, laß uns in Ruhe, zum Frühstücken haben wir heute keine Zeit. Die Kinder, zehn und zwölf Jahre alt, zwei Knaben, sind ihrem Alter entsprechend wenig zärtlich, mit einem Kuß am Morgen kann ich schon gar nicht mehr rechnen. Daß sie mir an dem Tag, von dem ich spreche, entgegenlaufen und mich umarmen, zerreißt mir das Herz. »Warum«, sage ich atemlos, »seid ihr denn aufgestanden, wo ihr heute gar keine Schule habt?« – »Keine Schule«, sagt der ältere Junge, »bei dir piepts wohl«, ja, so drückt er sich aus und tippt sich sogar mit dem Finger gegen die Stirn. Und dann stellt sich heraus, daß heute in seiner Klasse zwei Stunden lang Filme gezeigt werden, während in der Klasse des Kleinen offenbar etwas im Gange ist, eine Verabredung zum Rauchen in der großen Pause oder weiß Gott was, ein interessanter Tag jedenfalls, ein nicht zu versäumender Tag.

»Ihr habt aber doch keine Schule«, sage ich tapfer und fange an, die Betten auszulegen, um den Kindern nicht in die Augen sehen zu müssen. »Woher weißt du das«, fragt Arno, der ältere, und ich sage, »ich habe es gehört« und bereue schon alles, weil jetzt in den Kindern ein Verdacht aufsteigen könnte, aber »da will ich doch lieber mal anrufen«, sagt Arno ganz sachlich und reißt schon die Türe auf, und nun habe ich alle Mühe, ihn mit »nein laß nur«, »du wirst schon recht haben« zurückzuhalten. Arno schüttelt den Kopf und denkt sich was über die Frauen, und mein Mann denkt sich auch was, und später, als nach einem stürmischen Frühstück die Kinder weggelaufen sind, spricht er es auch aus. »Wie du heute bist«, sagt er, »so kenne ich dich ja gar nicht«, weil mir die Tränen auf das Honigbrot tropfen, und die Haare habe ich mir auch noch nicht in Ordnung gebracht.

»Du hast recht«, sage ich, »ich kenne mich so auch nicht, aber gerade deswegen muß etwas daran sein und der Kassandra hat auch niemand geglaubt.« Und weil ich nun schon beim Altertum bin, erzähle ich meinem Mann von den nach ihren Hohlformen in der Lava ausgegossenen Toten von Pompeji, die man in allen möglichen jämmerlichen Fluchtstellungen im Museum bewundern kann, oder beklagen, als vom Tod Überraschte, und am Ende sage ich, »so wird es uns ergehen.«

Von dieser Erzählung ist mein Mann sehr unangenehm berührt. Er sieht mich ärgerlich an und trinkt ganz schnell seinen Kaffee aus, und es ist gut, daß jetzt das Telefon läutet, an das sonst ich immer gehe, aber diesmal nimmt mein Mann selber den Hörer ab. »Ja, ich bin es«, sagt er erfreut, »nein, ich bin noch nicht weg, ich kann Sie abholen, gern. Sie kommen schon auf die Straße, aber das wäre doch nicht nötig, so eilt es nicht.« Ich überlege, wer das sein könnte, ein Kollege oder seine Sekretärin, jedenfalls eine Stimme des Lebens, eine Stimme, die sagt, es geht weiter, alles geht weiter, heute und morgen, es gibt keinen Tod.

»Ja, du mußt mich entschuldigen«, sagt mein Mann und gibt mir einen Kuß, »und denk nicht an so gräßliche Sachen, das bringt dich nur herunter, du bist schon ganz blaß.« Er verspricht noch, mich, sobald er etwas Neues hört, anzurufen, und dann verabschiedet er sich und nimmt draußen die Wagenschlüssel vom Haken; ich höre das leise Klirren wie alle Tage und seine raschen Schritte auf der Treppe wie alle Tage, und bin einen Augenblick lang beruhigt, er hat recht, ich mache mich verrückt, ich mache alle verrückt.

Der Vormittag vergeht, wie er immer vergeht. Wir sind in ziemlich guten Verhältnissen, aber wir haben keine Bedienung. Also mache ich die Betten wie immer und wische Staub wie immer und gehe dann einkaufen und beim Einkaufen sperre ich die Ohren auf, um zu hören, was die Leute in den Geschäften sagen. Sie sagen aber nur das Gewöhnliche, schönes Herbstwetter, und wie war es im Urlaub, und die Äpfel könnten auch billiger werden, und wenn ich versuche, das Gespräch auf die politische Lage zu bringen, haben sie es plötzlich außerordentlich eilig, ja entschuldigen Sie, ich muß noch ins Fischgeschäft, ich muß noch auf die Bahn, meine Tante abholen, ich muß noch zum Friseur. Die Leute, die so reden und wegstürzen, kenne ich natürlich nur vom Sehen, aber den an der Haltestelle kenne ich wirklich, es ist der Pfarrer, bei dem meine Kinder Religionsunterricht haben. Er trägt sich nicht gerne geistlich, er hat ein Baskenmützchen auf dem Kopf, aber das soll mich nicht hindern, ihm eine geistliche Frage zu stellen. Guten Tag, Herr Pfarrer, sage ich also, und er sagt »Guten Tag, Frau Reiter, was machen die Buben, einen Schulausflug, hoffe ich, wer weiß, ob das schöne Wetter anhält, vielleicht ist heute der letzte Tag«. »Ja«, sage ich ganz erschüttert, »der letzte Tag, das mag sein, und was sollen wir tun, Herr Pfarrer, ich frage Sie, was sollen wir tun?«

Der Pfarrer sieht mich ganz erstaunt an, aber dumm ist er nicht, er merkt etwas, also sagt er, »Sie dürfen sich keine Sorgen machen, Frau Reiter, wir stehen alle in Gottes Hand.« »Aber das ist ja gerade, was ich will, mir Sorgen machen«, sage ich. Nur daß dann schon die Elektrische heranrauscht, ein gewisser Herr zieht sein Baskenmützchen und springt auf das bereits überfüllte Trittbrett, ein Pfarrer, der im Leben steht, ja, das ist er und rennt von einem zum anderen, immer unterwegs. Alle stehen fest im Leben, meine Familie und die Hausfrauen und der Pfarrer, nur ich nicht, obwohl ich soeben Kalbsschulter und ein halbes Pfund Champignons gekauft habe, man ahnt schon, was mir da vorschwebt, eine Art Henkersmahlzeit, mit süßer Speise, aber vielleicht will ich mich auch nur beschäftigen und überhaupt ist es schon spät. Es ist, wenn ich nach Hause komme, gleich zwölf Uhr; vielleicht, denke ich, hat mein Mann unterdessen angerufen, er hat jetzt eine Sitzung, aber es wäre doch besser, wenn ich ihn herausrufen lassen würde, obwohl er das nicht leiden kann, ja geradezu haßt.

»Ja, was ist denn«, fragt er, als ich ihn endlich am Apparat habe, denn auch ganz ärgerlich, und ich sage, »nichts. Nur, ich habe mich verspätet und möglicherweise habe ich deinen Anruf verpaßt.« »Meinen Anruf«, sagt mein Mann erstaunt, »wozu sollte ich denn anrufen«, und ich frage, was mir gerade in den Sinn kommt und mir außerordentlich wichtig erscheint. »Fahren die Züge«, frage ich mit zitternder Stimme. »Ja, liebes Kind«, sagt mein Mann, »wo-

her soll ich das wissen, wir tagen doch nicht im Bahnhofsgebäude, natürlich fahren die Züge, warum fragst du, willst du verreisen, oder warum.«
»Nur so«, sage ich und hänge ein. Es vergeht eine halbe Stunde, während der ich, in der Küche beschäftigt, mir die Worte meines Mannes wiederhole, wobei sie bald tröstlich, bald aber auch höchst beunruhigend klingen. Schließlich halte ich es nicht mehr aus und laufe in die Schule, es ist die Gutenbergschule, die beide Kinder besuchen. Es trifft sich gut, daß vor dem Haupteingang der Direktor steht, er redet mit dem Hausmeister, augenscheinlich ist das Treppengeländer lose geworden und soll befestigt werden; der Direktor rüttelt an allen Eisenstäben und macht ein besorgtes Gesicht.
»Guten Tag, Herr Direktor«, sage ich, »Sie haben es also nicht für nötig gehalten, die Kinder nach Hause zu schikken, Sie haben wahrscheinlich Nachrichten, erfreuliche, das ist schön.« »Warum«, fragt der Direktor ganz erstaunt, »sollte ich die Kinder nach Hause schicken.« Er sieht mich an, als hätte ich den Verstand verloren, und ich sage ihm schnell, »ja, warum eigentlich, Sie haben ganz recht.« Ich gehe an ihm vorüber und er sieht mir mißtrauisch nach, auch der Hausmeister sieht mir mißtrauisch nach, aber sie können mir nicht verbieten, in die Schule zu gehen und meine Kinder abzuholen, es muß bald klingeln, die letzte Stunde ist gleich vorbei. Da kommt schon ein Trupp aus der Turnhalle, ich erkenne meinen älteren Jungen und werde rot vor Freude, wenn *es* jetzt kommt, denke ich, jetzt, dann haben wir uns doch noch gesehen.
Der Junge läuft mit den andern an mir vorüber, aber kaum, daß alle um die Ecke sind, kommt er noch einmal zurück und sagt zornig, »was willst du denn hier, du willst mich wohl blamieren, geh nur hinauf zum Klaus in die Sexta,

aber der wird das auch nicht gern haben, eine Kleinkinderschule sind wir hier nicht.«
»Nein, nein«, sage ich und gehe wieder, der Direktor, Gott sei Dank, steht nicht mehr vor der Tür. Da ich das Mittagessen so gut wie fertig habe, gehe ich ganz langsam nach Hause, an der Ecke kaufe ich noch eine Zeitung, in der aber dasselbe steht wie im Morgenblatt, viele Menschen sind unterwegs, Frauen in roten und blauen Kleidern, um den Blumenstand drängen sie sich und kaufen Sonnenblumen und tragen sie vorsichtig, den Abend erlebt keiner mehr. Ungeheuerlich ist das, denke ich, und sage das Wort ein paarmal, ein Wort wie Blitz und Donner, das in meinem Kopf zu dröhnen beginnt.
Indem bin ich bei unserer Haustüre angelangt und gehe die Treppe hinauf, die Kinder kommen mir nachgestürzt, sie sind hungrig und glänzender Laune, der Große hat schon vergessen, daß ich in der Schule war. »Laß doch das dumme Radio«, sagt er, nachdem wir gegessen haben, »hilf mir lieber, wir haben deutschen Aufsatz, Wilhelm Tell, war die Ermordung Geßlers eine Rachetat oder nicht?«
»Ja«, sage ich und betrachte seine glatte schöne Stirn, seine festen Arme, »vielleicht war sie das. Ich möchte nur eben noch die Nachrichten hören, setz dich schon hin.« Ich sehe auf meine Armbanduhr, es ist Zeit für die Nachrichten, aber es kommen keine, statt dessen wird Schlagermusik gespielt. »Wie war das also mit dem Tell«, fragt Arno, »was hast du für eine Ansicht«, und, Tell, denke ich, hohle Gasse, wir gehen durch die hohle Gasse, fort mußt du, deine Uhr ist abgelaufen, auch unsere Uhr ist beinahe abgelaufen, nur daß es keiner weiß. Doch, einer weiß es, einer hat angeordnet, Schlagermusik statt Nachrichten, einer weiß es, der schickt uns in den Tod.
»Du könntest«, wirft der jüngere unserer Söhne ein, »mir

helfen, das Aquarium sauberzumachen, der Vater sagt, die Fische ersticken, und wenn sie ersticken, kauft er mir keine mehr.« Das Wasser im Aquarium ist eine trübe Brühe, in der man die hübschen Schleierschwänze wie graue Schatten treiben sehen kann. Ersticken, denke ich, vielleicht werden wir ersticken, was tut ein zum Tode Verurteilter in den letzten Augenblicken seines Lebens, jedenfalls schreibt er keinen deutschen Aufsatz und wischt nicht an den schleimigen Scheiben eines Fischbehälters herum. »Ich will Euch etwas vorlesen«, sage ich, und laufe an den Bücherschrank, Goethe, Trilogie der Leidenschaften, das ist nichts für Kinder, Jean Paul, Hesperus, egal, nur irgend etwas, schnell, ehe sie widersprechen können. Schon lese ich, hastig und zugleich auch stockend, wie sollen die Buben das verstehen, aber sie sollen es gar nicht verstehen, nur etwas mitnehmen, ein paar Worte, die ein Dichter geschrieben hat, auf ihren Weg in die Finsternis, den wir in Rudeln antreten, in ganzen Völkern, Schatten neben Schatten, alle ohne Gesicht. Ich lese und der Kleine fängt indessen die Fische mit einem kleinen Netz und setzt sie in ein Marmeladenglas, was seine Aufmerksamkeit völlig in Anspruch nimmt. Der Große zeichnet Fußballmännchen auf ein Löschblatt, nach einer Weile unterbricht er mich und sagt höflich, »ganz schön, Musch, aber ich muß den Tell machen, dazu habe ich jetzt keine Zeit.« »Ja«, sage ich und denke, mach deine Rechnung mit dem Himmel, was für eine Zumutung, und wie macht man das überhaupt, seine Rechnung mit dem Himmel, man kann ihm am Ende doch nichts präsentieren als eine lange Soll-Liste, dazu braucht man der Landvogt Geßler nicht zu sein.

»Wie spät ist es«, frage ich und bin schon im Begriff den Kindern alles zu sagen, aber auch das Sagen ist ja eine Un-

geheuerlichkeit, und darum warte ich lieber, bis mein Mann nach Hause kommt, der vielleicht etwas Neues weiß. Er kommt kurz nach 5 Uhr, er weiß nichts Neues, meinen Anruf erwähnt er nicht. Ich stehe jetzt am Fenster, die Wagen fahren alle in eine Richtung, stadtauswärts, kein einziger in die Stadt hinein. Natürlich, denke ich, aber es hat keinen Sinn wegzulaufen, mein Mann dürfte das auch gar nicht als Beamter, niemand darf weglaufen, niemand darf die Panikstimmung erhöhen.
Von Panikstimmung ist keine Rede, auch was die Automobile anbetrifft, muß ich mich geirrt haben, wie leicht bildet man sich so etwas ein. Gegen sechs Uhr ruft ein befreundetes Ehepaar an, um uns für den nächsten Abend einzuladen, wir haben auch Karten für ein Konzert, ich frage bei der Kasse an, ob das Konzert stattfindet, und eine Stimme fragt zurück, wieso nicht. Mein Mann hat sich Arbeit mitgebracht und sitzt am Schreibtisch, die Kinder spielen jetzt Fußball auf dem Hof. Ich krame ein paar alte Photographiealben heraus und schleppe sie zu meinem Mann ins Zimmer. »Das waren wir«, sage ich, »ein paar Tage nach der Hochzeit, das war der Große, als er ein Jahr alt war, das sind wir im Urlaub in Positano, sieh nur, da klettern wir über die Felsen, da fahren wir mit dem Boot.« Jedes der eingeklebten Bildchen ruft eine Menge von Erinnerungen hervor, Landschaften, Gespräche, Streit und Zärtlichkeiten, Tage und Nächte, das ganze Leben kann da noch einmal aufsteigen, und das will ich auch, ich kann meinem Mann keine Liebeserklärung machen, aber ich kann ihm das zeigen, ein Leben voll Liebe an unserem letzten Tag. Ich schiebe also ganz vorsichtig das erste Album über die Akten, die mein Mann vor sich liegen hat, und, »ach ja«, sagt er höflich und schaut sich ein paar der alten Bildchen an. Aber dann sieht er auf die Uhr und fragt,

»können wir das nicht am Abend machen oder am Sonntag, ich habe noch zu tun«.
Ich habe auch auf die Uhr gesehen, es ist jetzt gleich sieben Uhr, couvre-feu oder Angelusläuten, die Sonne ist untergegangen, der Tag ist vorbei. Aber natürlich weiß ich, daß er noch nicht vorbei ist und daß alles noch kommen kann. Noch eine halbe Stunde, dann ruft mein Mann die Kinder zum Abendessen, und weil sie natürlich nicht gleich erscheinen, gibt es noch vor dem Essen böse Worte und Streit, auch zwischen den Buben, Väter und Söhne, Kain und Abel, so gehen wir zugrunde, mit solchen Worten auf den Lippen, mit dem alten Haß der Welt.
Wir essen am Abend immer kalt und natürlich beten wir nicht vor dem Essen, also sind, wenn ich dann vor meinem Stuhl stehen bleibe und die Hände falte, die Kinder höchst erstaunt und mein Mann sieht mich mißbilligend an.
Ich versuche es aber doch, ich sage ein kleines Gebet, das wir als Kinder gelernt haben, und dann sage ich noch alles mögliche andere, in wirren Worten und mit rotem Kopf danke ich für unser Leben und bitte um einen gnädigen Tod. Ich merke schon, daß mein Mann mich unterbrechen will, und natürlich unterbricht er mich auch, sagt mit fester Stimme, »jetzt wollen wir essen«, und setzt sich hin. Die Kinder setzen sich auch hin, sie sind ganz erleichtert und fragen, ob wir nach Tisch noch mit ihnen spielen werden, z. B. das Quartett mit den Automarken, das ich so stumpfsinnig finde, aber mein Mann sagt »ja«. »Wir wollen nur vorher noch die Nachrichten hören«, sagt er, mit einem Blick auf mich, wahrscheinlich denkt er, das wird sie beruhigen, wer weiß, was sie sonst wieder anstellt, sie hat einen schlechten Tag.
»Ja«, sage ich, »das können wir versuchen, aber es wird nicht gelingen, es hat auch mittags keine Nachrichten ge-

geben, statt dessen Schlager, auch ein Lied auf italienisch, Firenze in un manto di stelle, aber Nachrichten nicht.«

»Das wollen wir doch einmal sehen«, sagt mein Mann, »es ist gerade acht Uhr«, und nun gehen wir alle ins Wohnzimmer hinüber, wo der Rundfunkapparat steht. Wir setzen uns auf die Stühle und warten darauf, daß das Auge grün wird und die bekannte Stimme zu reden beginnt. Das Auge wird auch grün, aber die Stimme kommt nicht, statt dessen ein Ton, ein ganz unbeschreiblicher, ein klagendes Brausen, das auf- und abschwillt, wie eine Sirene und doch wieder anders, und vielleicht kommt es gar nicht aus dem Kasten, sondern von draußen und es macht einen verrückt. Ich sehe meinen Mann an. Er bückt sich über den Kasten und dreht an den Knöpfen, seine Hände sind ganz weiß und die Adern treten ihm aus der Stirn. Auch die Kinder sind erschrocken und fragen, »Vater, was ist das, Mutter, was ist das«, und der Kleine krampft seine Finger in meinen Arm.

»Was denn«, sage ich plötzlich ganz lustig, »das dumme Gepiepe, ein Defekt ist das, da kümmern wir uns gar nicht darum. Wir spielen Quartett. Lauft, holt die Karten und Gewinne gibt es heute, erster Preis, zweiter Preis, dritter Preis, ich habe da noch etwas in der gewissen Schublade, das hole ich jetzt, und bitte, Kläuschen, stellt inzwischen die Stühle zurecht.« Mein Mann wirft mir einen Blick zu, einen Blick voll von Schrecken, aber ich will nicht darauf eingehen, ich wollte es einmal, aber ich will es nicht mehr, ich bin anderer Ansicht geworden, der Ansicht nämlich, daß nur das Leben das Leben noch retten kann. Ich laufe an den Schrank im Schlafzimmer, ein schöner blauer Ball mit Sternen ist noch da, eine Stablampe und ein Feuerwehrauto, so groß ist das, ich muß es verstecken, in ein Frottiertuch aus dem Badezimmer wickle ich die Preise ein. »Kommst du«, ruft mein Mann mit erstickter Stimme, ja, mit erstickter Stimme, und ich gehe ins Wohnzimmer, lachend, mit meinem komischen Paket unterm Arm. Das Sausen ist immer noch zu hören, aber man kann es übertönen, wir haben Grammophonplatten, wir haben sogar das Lied, Firenze in un manto di stelle, ja die Platte lege ich jetzt auf und setze die Nadel ein. Die Platte ist ziemlich laut, mit Orchester, und inzwischen hat der Große die Karten verteilt und schreit, »wer darf anfangen, ich, und hast du, Papi, unter Lastwagen den Goliath«, und mein Mann schreit zurück, »bedaure, nein«.

Ja, so wird es sein und bei der Kassandra war es gewiß nur deswegen anders, weil sie keinen Mann und keine Kinder hatte, die sie betrügen mußte, wie ich meinen Mann und meine Kinder jetzt betrüge, obwohl es doch folgerichtig wäre, zu sagen, da habt ihr es, ihr müßt sterben, warum habt ihr mir nicht geglaubt. Ich sage das aber nicht und am Ende dieses langen Tages ist es dann schließlich so weit, ich betrüge mich selbst. Es wird nichts mehr geschehen, denke ich, der Tag ist fast vorüber, und fange schon an, Pläne zu machen, ganz laut, »ist nicht morgen Sonntag, nein vielleicht nicht, aber es kommt ein Sonntag, da werden wir hinausfahren an den See. Wir werden hinausfahren, hört ihr«, und die Kinder schreien, »dürfen wir das Faltboot mitnehmen und die Badeanzüge«, und ich weiß, es ist viel zu kalt zum Baden, aber ich sage »ja«. In diesem Augenblick wahrscheinlich wird es geschehen, das, was ich nicht beschreiben kann, ich weiß nur, wir erschrecken alle furchtbar und springen auf und stürzen hierhin und dorthin, und so wird man uns eines Tages finden, ich meine unsere Skelette, mit eingezogenen Hälsen und gespreizten Fingern. Weiß Gott, was sie einmal darin gehalten haben, vielleicht Spielkarten, nur daß dann niemand mehr da ist, der unsere Skelette finden und der sich über unsere Familie oder über irgendeine Familie noch Gedanken machen kann.

Das Ölfläschchen

Das schlimme ist, daß Johanna sich nicht erinnern will. So lange her ist das alles, und inzwischen ist ihr Mann aus Rußland heimgekommen und ist alt geworden, und die Kinder sind groß geworden und sind, nachdem sie ihr noch einigen Kummer gemacht haben, ihrer Wege gegangen. Johanna hat das Häuschen, kein freistehendes natürlich, sondern ein Reihenhäuschen, von rechts und von links hört man den Rundfunk, und auch noch manches andere, aber in dem Handtuch von Garten hat Johanna zwei Fliederbüsche, weißen Flieder, wie in dem alten Evergreen, und neuerdings auch ein Vogelbecken, und die Kinder behaupten, daß Johanna die Fliederbüsche jeden Tag abstaubt und daß sie das Badewasser für die Vögel mit dem Thermometer mißt.

Dies nur um zu sagen, wie Johanna geworden ist, pingelig, bei Gott, und gar nichts kann es ihr schaden, wenn man ihr ins Gedächtnis zurückruft, was vor bald zwanzig Jahren gewesen ist, dies oder jenes, nur daß sie sich eben gegen dies und jenes sträubt, und lieber was weiß ich für Themen anschneidet, Vogelfutter und Kunstdünger, den Ausverkauf und die Frauenseite und manchmal sogar die Politik. Nur daß ich dann ganz unerbittlich bleibe, und wenn ich es nicht auf dem geraden Wege erreichen kann, versuche ich es auf dem krummen, mit List. »Du hattest doch nach dem Krieg noch lange Haare«, sage ich zum Beispiel.

»Nein, ausgeschlossen«, sagt Johanna, »die Haare habe ich mir schon früher abgeschnitten, 1943 ungefähr.«

»Aber wie konntest du dann«, frage ich, »das Ölfläschchen in deiner Frisur verstecken?«

»Welches Ölfläschchen«, fragt Johanna.
»Das Parfumfläschchen«, sage ich, »in das du jeden Tag ein bißchen Öl abfülltest für deine Kinder.«
»Ach ja«, sagt Johanna und greift nach ihren Haaren, als könnte sie noch heute das Ölfläschchen darin finden.
»Du hattest es wahrscheinlich im Knoten«, sage ich.
»Ja«, sagt sie dann lebhaft, »und es war nicht so leicht, die Nadeln so fest zu stecken, daß es nicht herausrutschen konnte«.
»Es ist ja auch einmal herausgerutscht«, sage ich.
»Ja«, sagt Johanna erschrocken, »und gerade am Tor, wo der Posten stand. Es ist heruntergefallen und zerbrochen und auf dem Pflaster war ein großer fettiger Fleck. Der Posten hat nichts gesagt, ist nur dagestanden mit der Nase in der Luft, aber am Abend hat er mich angezeigt und die Polizei hat mich verhört.«
Und nun steht Johanna auf und nimmt einen Lappen und wischt in ihrem sauberen Häuschen herum, und ich kann mir nicht anders helfen, ich muß ihr eine Fangfrage stellen.
»Also kamst du ins Gefängnis«, sage ich.
»Ins Gefängnis«, sagt sie, »wieso denn das«, und wackelt mit dem Kopf.
»Nun, ich denke«, sage ich, »sie waren recht streng damals. Es war immerhin Diebstahl und bei der Besatzungsmacht, oder hatten sie dir erlaubt, das Öl zu nehmen?«
»Natürlich nicht«, sagt Johanna, »was ich nehmen durfte, waren zwei Briketts, mit denen habe ich abends zu Hause für meine Kinder den Ofen geheizt.«
»Also kein Öl«, sage ich.
Und nun starrt Johanna auf das Staubtuch, das mit hübschen Blumen bedruckt ist und das sie jeden Tag zu waschen pflegt. Sie scheint sich zu besinnen, wieso sie eigent-

lich damals nicht ins Gefängnis gekommen ist. Sie besinnt sich sehr lange und dann fängt sie plötzlich zu lachen an. »Da war doch die Frau Kommandant«, sagt sie.
Mir ist bekannt, daß Johanna damals bei einem Kommandanten in Stellung gewesen ist und daß sie für ihn und seine junge Frau gekocht, aufgeräumt und gewaschen hat, für Geld natürlich, aber doch vor allem für das Essen und die zwei Briketts und das Fläschchen Sonnenblumenöl, denn wie man sich erinnert, war das Jahr 1945 eine harte Zeit. Ich weiß alles besser als Johanna, aber es liegt mir daran, daß sie sich erinnert, und darum lasse ich ihr keine Ruhe.
»Tanja hieß sie, nicht wahr?«, sage ich.
»Ja«, sagt Johanna, und macht noch einen kleinen Versuch auszuweichen, indem sie den Teekessel aufs Gas setzt, dieses glänzend polierte Ding, das nach einer Weile, von dem Dampf in seinem Bauch bedrängt, ein gellendes Pfeifen hören läßt. Dann aber holt sie aus einem Fach im Küchenschrank eine Schachtel und aus der Schachtel eine kleine Photographie. Sie legt die Photographie vor mich hin und das ist gerade, was ich habe erreichen wollen.
»Eine hübsche Frau«, sage ich, in der Absicht, Johannas Widerspruchsgeist zu wecken, was mir auch gelingt.
»Hübsch, was heißt hübsch«, sagt Johanna, »schön war sie, eine Schönheit, so etwas sieht man nicht alle Tage, und hier schon gar nicht, eine Haut wie Rahm und pechrabenschwarze Haare, und die Zähne einer schöner als der andere, obwohl sie sie nicht putzte, wie wir, sondern nur mit Salbeiblättern abrieb. Salbei, Frau, sagte sie, und dann mußte ich in den Küchengarten laufen und eine Handvoll Kräuter holen, und sie rieb und spuckte und sah mich mit ihrem strahlenden Lachen an.«
»›Frau‹, sagte sie zu dir, einfach Frau«, sage ich.
»Ja«, sagt Johanna und wendet sich zu dem Kessel, der

schon einen schwachen Ton von sich gibt wie ein Kind, das pfeifen möchte, aber noch nicht pfeifen kann.
»Auch der Kommandant«, frage ich.
»Was ist mit dem Kommandanten?«, fragt Johanna erschrocken.
»Hat er auch ›Frau‹ zu dir gesagt?«, frage ich.
»Natürlich«, sagt Johanna ärgerlich, »stellst du dir das so einfach vor für einen Ausländer, sie konnten sich meinen Namen nicht merken.« Und dann gießt sie das kochende Wasser auf die Teeblätter und stellt die hübschen Tassen und das Porzellankörbchen mit den selbstgebackenen Plätzchen auf den Tisch.
»Und der Kommandant«, frage ich, »war das auch ein schöner Mann?«
»Nein«, sagt Johanna und wirft einen zornigen Blick auf den Platz, auf dem sonst ihr Ehemann sitzt, der aber in seinen Briefmarkensammlerverein gegangen ist, wir richten das schon immer so ein. »Schön war er nicht, aber ein Mann, der lachen und weinen konnte und schreien und alles wie ein Gewitter und wo gibt es das noch.«
»Er lachte also auch mit seiner Frau«, sage ich.
»Ja«, sagt Johanna und wird mit einemmal ganz nachdenklich.
»Den ganzen Tag waren sie beisammen, entweder sie in der Amtsstube oder er in der Wohnstube und die ganze Nacht und so ein junges Ehepaar waren sie auch nicht mehr. Aber sie redeten die ganze Zeit, erzählten sich etwas oder machten Witze und manchmal lachten sie eine halbe Stunde lang wie toll. Und ich stand draußen in der Küche und schüttelte den Kopf darüber, daß es so viel zu reden und zu lachen geben kann zwischen Mann und Frau.«
Jetzt habe ich Johanna so weit, daß eine Art von Geistesabwesenheit sie überkommt. Sie vergißt, mir Rahm und

Zucker anzubieten, und sieht sich in ihrer funkelnden Küche um, als sähe sie dort etwas ganz anderes als die weißen Anbaumöbel und den Kühlschrank und die Maschine, hinter deren rundem Fenster die Wäsche sprudelt und kocht.

»Das war ein altes Haus«, sagt sie plötzlich, »in dem der Kommandant wohnte, und ein altmodisches Haus. So eine Villa mit einem Garten voll schwarzer Thujabäume, da hatte schon mal Militär drin gelegen und die Möbel waren alle kaputt. Aber der Kommandant und seine Frau fanden trotzdem alles wunderschön. Manchmal wickelten sie sich in die alten seidenen Gardinen, jedes in eine und dann riefen sie mich und ich mußte ganz erstaunt tun, wo Herr Kommandant, wo Madam, und dann fingen sie in ihren Gardinen an zu hopsen und zu springen und wie Käuzchen zu schreien.«

»Ein Bad gab es da wohl nicht«, frage ich.

»Doch«, sagt Johanna, »eine alte Blechbadewanne und einen Kohlenofen und in der Badewanne schwammen die Karpfen, und wenn der Kommandant und seine Frau baden wollten, wurden die Karpfen herausgenommen und in hölzerne Bottiche gesetzt. Weil aber in dem Badezimmer dann ein furchtbarer Dampf war, hatten die Fische Angst zu ersticken und sprangen aus ihren Bottichen heraus. Der Herr Kommandant und die Frau, die zusammen in der Wanne saßen, schrien aus Leibeskräften ›Frau, Karpfen‹, und ich mußte hereinkommen und die Fische fangen. Weil ich aber dabei nicht zu der Badewanne hinsehen wollte, war das sehr schwer.«

»Du hast also nicht hingesehen«, sage ich.

»Natürlich nicht«, sagt Johanna, »aber wenn ich mich nach den glitschigen Fischen bückte, sah ich doch, ob ich wollte oder nicht, manchmal die fetten krebsroten Schultern und den nassen Haarschopf des Herrn Kommandanten und das lachende, von schwarzen Kringeln umgebene Gesicht seiner Frau. Sie klatschten auch jedesmal in die Hände, wenn ich einen Karpfen gefangen und in den Bottich zurückgesetzt hatte. Am Ende ging ich wieder hinaus und das Gelächter der beiden folgte mir und ein wenig von dem dicken weißen Dampf kroch mir nach in den dämmrigen Flur.«

»Das waren noch Zeiten«, sage ich.

»Ja«, sagt Johanna, und schiebt entschlossen ihre Tasse und den Teller mit ihrem Kuchen weit zurück. »Habe ich dir erzählt, wie es war auf der Polizei?«

»Nein«, sage ich, obwohl ich damit nicht die Wahrheit sage. »Die Frau Kommandant ist hereingekommen und hat die Türe hinter sich zugeschlagen, wie sie das immer machte, aber noch etwas lauter als sonst. Dann hat sie sich vor den Kommissar hingestellt und hat statt aller Worte mit den Füßen gestampft. Der Kommissar ist ganz empört aufgesprungen, aber dann hat er sich wieder hingesetzt und hat gelacht. ›Nun, nun, mein Täubchen‹, hat er gesagt, ›warum denn so zornig, Genossin, erzähle, was ist geschehen?‹«

»Wie hast du denn das verstanden«, frage ich.

»So viel habe ich schon verstanden«, sagt Johanna, »und ich habe auch verstanden, daß die Frau Kommandant behauptet hat, sie habe mir erlaubt, das Öl zu nehmen, es sei ein Geschenk von ihr gewesen und sie selbst habe mir das Fläschchen in den Knoten gesteckt. In ihrer Heimat trage man alles in den Haaren, alle Einkäufe, so praktisch sei das und bequem.« »Und das hat der Kommissar geglaubt«, sage ich und lache. »Natürlich nicht«, sagt Johanna, »er hat mit den Augen gezwinkert und gesagt, ›was du nicht sagst, Genossin, aus so einer Gegend bist du, wo man sich alles in die Haare steckt‹, und ich habe gemerkt, er kann ihr nicht widerstehen. Und dann, als sie im Sarge lag –«

»Wieso im Sarg«, frage ich.

»Das weißt du doch«, sagt Johanna gekränkt, »daß sie eines Tages, um ihre Familie zu besuchen, nach Hause reiste und daß sie da irgendwo auf dem Wege ermordet worden ist.«

»Warum denn ermordet«, frage ich wieder.

»Wieso denn, warum denn«, äfft Johanna mir nach, »als ob man das damals hätte sagen können, das war nicht wie jetzt, keine Ordnung, kein Schutz, aus Versehen ging einer zugrunde, und aus Versehen kam einer davon. Die Genossin Tanja wurde damals eingescharrt, irgendwo an der Bahnstrecke, nicht tief, denn es war dicker Winter, und der Herr Kommandant ließ sie ausgraben und hierherbringen, ich meine, in sein Haus bringen, und da kam sie an, steifgefroren wie ein Stockfisch und gelb.«

»Wie du dich ausdrückst«, sage ich.

»Ja«, sagt Johanna trotzig und hebt den Kopf und sieht wieder durch die Wände ihrer Küche hindurch. »Sie kam in einer Art von Kiste, und ich mußte sie auspacken und sie zurechtmachen. Ich habe das getan, dem Herrn Kommandanten zuliebe, aber auch wegen dem Ölfläschchen und weil ich sie liebhatte, wie ein schönes verrücktes Kind. In einem der Seidenvorhänge aus dem Salon habe ich sie eingewickelt, mit einer alten Brennschere habe ich ihr die Locken gebrannt und die Backen habe ich ihr mit Lippenstift bemalt. So haben sie sie in den Sarg gelegt, übrigens einen feuerroten Sarg. Es war eine Art von Feier, aber ohne Pfarrer natürlich, die Männer sind um den offenen Sarg herumgestanden und haben Zigaretten geraucht. Und nur der Kommissar ist einmal ganz nahe herangetreten und hat der Toten zärtlich und voll Widerwillen ins Gesicht gesehen. Aber dann ist der Kommandant gekommen und hat sich mit seinem ganzen Gewicht auf den Sarg geworfen und hat sein Schneewittchen, seinen Stockfisch herausheben wollen und hat geweint und geschrien. Es hat an dem Tag auch bei uns geschneit, und weil wir die Fenster offenlassen mußten, sind ganze Wolken von Schnee wie von weit her, aus Sibirien, ins Zimmer gekommen. Darum haben sie den roten Sarg bald zugenagelt und weggetragen und der Kommandant ist hinterhergelaufen und hat noch immer gebrüllt wie ein Tier.«

»Und du«, frage ich.

»Ich«, sagt Johanna, »ich habe aufgeräumt und für die Männer ein Essen gekocht. Drei Tage später habe ich mir meinen Lohn auszahlen lassen und bin gegangen und nicht mehr wiedergekommen.«

»Und warum das«, frage ich.

»Weil da die neue Frau gekommen ist«, sagt Johanna, »eine junge blonde, mit langem Haar.«

»Schon nach drei Tagen«, sage ich erstaunt.

Aber Johanna blickt mich strafend an. »Solche Menschen«, sagt sie mit einer großartigen Handbewegung, »solche Menschen kannst du eben nicht verstehen.«

Schiffsgeschichte

Wenigstens dem Don Miguel hätte eigentlich einiges auffallen müssen an dem Schiff, auf das er seine Schwester Viola begleitete, und das, wie sich später herausstellte, nicht das richtige war. Man war spät, fast zu spät zum Hafen gekommen, die Träger hatten sich in der Zollhalle des Gepäcks bemächtigt, Quai Nr. 5, und über die Laufbrücke war, obwohl das letzte Zeichen schon gegeben wurde, Don Miguel noch mitgegangen und hatte sich darum gekümmert, daß seine Schwester eine Kabine bekam. Es hatte einige Schwierigkeiten gegeben, war aber schließlich doch in Ordnung gekommen, und Don Miguel hatte Viola, die, in Tränen aufgelöst, auf einem der Strohstühlchen der sogenannten »Terrasse« saß, zum Abschied geküßt. Kaum, daß er wieder auf festem Boden stand, hatte der Kran die Brücke abgehoben. Don Miguel hatte die schwerfälligen Manöver des Ablegens beobachtet und zu seiner Schwester hinaufgewinkt, die plötzlich in einer, wie ihm schien, recht übertrieben flehenden Bewegung die Arme nach ihm ausgestreckt hatte und, in dieser Stellung verharrend, immer kleiner geworden war. Am Quai entlangschlendernd, hatte er dann mit einemmal groß und funkelnd die ›Lutetia‹ gesehen, den Dampfer, den er für die Reise seiner Schwester ausgesucht hatte, und war eine Weile lang bestürzt gewesen, ja, geradezu verstört. Schließlich hatte er sich damit getröstet, daß auch der andere Dampfer nach Marseille fahren mußte, da er ja eine Kabine dorthin verlangt und auch erhalten hatte. Er hatte sich, zu Hause angelangt, mit dem Schiffahrtsbüro verbinden lassen und nach dem Namen des fremden Schiffes gefragt, dieser war aber nicht herauszubekommen gewesen, zu den regelmäßig zwischen Südamerika und Europa verkehrenden Linien gehörte der Dampfer nicht. Ein von einer Reisegesellschaft gecharterter hätte es sein können, man wollte dem Don Miguel noch Bescheid geben, er erfuhr aber nichts. Natürlich konnte er, da er den Namen des Schiffes nicht wußte, auch nicht telegraphieren, er mußte abwarten, bis seine Schwester ihm einen Brief schrieb, der aber frühestens in Teneriffa von Bord gehen konnte. Die von ihm errechnete Zeitspanne verging jedoch, ohne daß er die erwartete Nachricht bekam. Nach dieser Zeit benachrichtigte Don Miguel die Polizei.

Von Don Miguels genauen und leider völlig ergebnislos verlaufenden Nachforschungen soll hier die Rede nicht sein, nur von seinen allnächtlichen Bemühungen, sich das Schiff vorzustellen, auf dem er Viola zurückgelassen hatte. Soviel er sich erinnerte, war es ein sehr altmodisches Schiff gewesen, und er begriff mit einemmal nicht mehr, wie er es mit der erst vor kurzem in Dienst gestellten ›Lutetia‹ hatte verwechseln können. Die Salons, die er, auf der Suche nach dem Kommissar, durcheilt hatte, waren im Stil des zweiten Kaiserreichs möbliert gewesen, und statt der funkelnden Bars, die man auf den modernen Schiffen findet, hatte es auf dem »die Terrasse« genannten Teil des hinteren Verdecks nur ein kleines Holzbuffet, ein paar Gruppen von Strohstühlchen und ein paar staubige Topfpflanzen gegeben. Auf einem Podest hatte, in Hemdsärmeln übrigens, eine Kapelle gesessen und geübt, und zwar, soviel Don Miguel sich erinnern konnte, einen altmodischen Wiener Walzer, der ›Rosen aus dem Süden‹ hieß. Die Uniform des Kommissars hingegen war nach der letzten Mode geschnitten gewesen, wie überhaupt dieser Kommissar etwas Flottes, Elegantes gehabt und zudem

noch, sich vorstellend, einen adligen Namen gemurmelt hatte. Wir nehmen keine Passagiere mehr auf, hatte er hochmütig behauptet, und erst, nachdem Don Miguel ihn zu seiner Schwester geführt und er einen Blick auf Violas weiches, ein wenig verschwommenes Gesicht geworfen hatte, hatte er ihr die Kabine zugesagt.
Weich und ein wenig verschwommen war Violas Gesicht schon immer gewesen, schon als junges Mädchen, schon als Kind. Und war sie nicht bei allen Abschieden über alle Gebühr traurig geworden, so als sollte jeder der letzte sein? Verstiegen, so hätte man sie auch nennen können, zumindest wenn man diesen Ausdruck von einem Mondsüchtigen herleitet, der in gefährlicher Bewußtlosigkeit auf den Dächern spazierengeht. Don Miguel, der zeitlebens mit beiden Beinen fest auf der Erde gestanden hatte, war sie so erschienen und er war ihr gegenüber immer etwas ratlos gewesen, ratlos auch am Tag ihrer Abreise, der Violas 40. Geburtstag war. Da nämlich, als sie alle zusammen beim Frühstück gesessen und er, seine Frau und seine Kinder Viola schon Grüße aufgetragen hatten an den Schwager und Onkel – du siehst ihn ja heute nacht schon – da war Viola vor diesem raschen Wiedersehen mit ihrem Mann plötzlich zurückgeschreckt, hatte Unklares gemurmelt von Geburtstag und Sich-etwas-wünschen-Dürfen und hatte schließlich darauf bestanden, die Flugkarte zurückzugeben und mit dem Schiff zu reisen. Nicht hier sein, nicht dort sein, nirgends sein – diese ziemlich unverständlichen Worte hatte sie mehrmals wiederholt und dabei einen wirklich zum Kopfschütteln merkwürdigen Ausdruck in den Augen gehabt.
Don Miguel, der nachts jetzt oft schlaflos lag, schüttelte noch in der Erinnerung an Violas Benehmen den Kopf. Daß die Schwester, die, wie er immer geglaubt hatte, in ei-

ner glücklichen Ehe lebte, plötzlich auf die fragwürdigen Liebesabenteuer einer Seereise auszugehen im Sinne gehabt hatte, war ihm mehr als unwahrscheinlich; es wäre ihm aber immerhin noch lieber gewesen als dieses plötzliche Verlangen, für eine Weile zu verschwinden, das ihn daran erinnerte, mit welcher Leidenschaft sich Viola als Kind versteckt hatte, und auf wie gefährliche Weise, in Truhen, deren schwere Deckel zufallen, in Sandgruben, deren Wände einstürzen konnten.
Sobald Don Miguel anfing, sich das namenlose und nicht feststellbare Schiff als ein solches Versteck vorzustellen, fing er in seinem Bett zu schwitzen an. Jedesmal sprang er am Ende solcher Überlegungen auf, lief auf die Dachterrasse und sah auf das Stückchen Atlantischen Ozean, das er da, zwischen niederen Palmen und Wolkenkratzern, vor sich hatte. Er hatte die geheime Hoffnung, das Schiff könne, von irgendeinem Schaden befallen, umdrehen und den Hafen wieder aufsuchen. Er würde ihn schon erkennen, den alten Kasten – aber sooft er auch bis zum Morgengrauen frierend ausspähte, es zog ein solches Schiff nicht in der Ferne vorbei. Dagegen bekam Don Miguel eines Tages von seiner Schwester doch Nachricht, und sogar einen Brief von ihrer Hand.
Dieser Brief, den der Postbote am 16. August brachte, war in ziemlich schlechtem Zustand, so als wäre er zwar nicht naß, aber doch sehr feucht und dann wieder trocken geworden. Er war zerknittert und schmutzig, und da er nicht freigemacht war, mußte Don Miguel Strafporto zahlen. Wie man sich denken kann, hinderte ihn das nicht, angesichts dieses dicken Briefes die größte Freude und Erleichterung zu empfinden. Das Schiff ist also angekommen, dachte er und war schon im Begriff, den Hörer abzunehmen und eine der Dienststellen anzurufen, die er vorher

mit seinen Fragen verrückt gemacht hatte. Es drängte ihn dann aber doch, zuerst zu lesen, was seine Schwester geschrieben hatte, wie es ihr ergangen war und wo sie sich befand.

Der Brief, den Don Miguel einige Minuten später auf seiner Terrasse öffnete, war umfangreich, er bestand aus einer Menge dünner Blätter, die offensichtlich an verschiedenen Tagen beschrieben und auch datiert worden waren, doch hatte sich die Absenderin die Mühe, die Blätter zu ordnen, nicht gegeben. Der pedantische Don Miguel, der ja nun zu wissen glaubte, daß seine Schwester lebte, unterzog sich dieser Mühe gern. Er fand als erstes Datum den zweiten Tag nach Violas Abreise, als letzten den 15. Juli, das Papier war kein von der Schiffahrtsgesellschaft den Passagieren zur Verfügung gestelltes, der Brief war nicht gestempelt und ein Hafen war auch auf dem letzten der Blätter nicht genannt. Durch diese Tatsache wurde Don Miguel, der noch kein Wort gelesen hatte, in eine merkwürdige Unruhe versetzt. Er stand auf und rief seine Frau, seine Schwiegermutter und seine fünf Kinder, die sich auch gleich um ihn herumsetzten und fragten und plapperten, bis er ihnen Schweigen gebot. Es war da schon bald Abend, die großen roten Blüten der Terrassensträucher schlossen sich, ein Schwarm von kleinen gelben Papageien flog in eine Gewitterwolke hinein. Vom Strand her hörte man das Geräusch der starken Brandung, ein Geräusch, das Don Miguel seit zweiundvierzig Jahren gewöhnt war, das ihn aber heute mit Unbehagen erfüllte. Er hatte noch nicht lange gelesen, als dieses Unbehagen so groß geworden war, daß er seine Stimme zu einem Flüstern dämpfte. Später las er sogar leise, bewegte nur noch die Lippen, und die zahlreichen Mitglieder seiner Familie sahen ihn ehrfürchtig und ängstlich an.

Der Brief, oder besser gesagt, das erste Blatt des Briefes, begann fröhlich, es ist schwül, aber es geht mir gut, ich habe eine ziemlich große Kabine, ein wahres Wunder, denn was der Kommissar Dir gesagt hat, stimmt: das Schiff ist überbelegt und, wie es scheint, von Flüchtlingen, was ich mir, da es zur Zeit bei uns weder Kriege noch Revolutionen gibt, schwer erklären kann. Auffallend ist die Zahl der Kinder, die an Bord sind und die sich auf allen Decks, ohne jede Aufsicht, bewegen. Bei Tisch sitze ich, wie übrigens die meisten Passagiere, an einem Tischchen allein. Ich habe darum noch niemanden kennengelernt. Alles ist anders als auf der ›Nettuno‹ auf der wir, Du erinnerst Dich, einmal zusammen die Reise machten. Aber ich könnte Dir noch nicht sagen, worin die Unterschiede bestehen. Ich will jeden Tag an diesem Brief ein bißchen weiter schreiben, damit Du Dir am Ende ein Bild machen kannst.
Ich muß sagen, hieß es auf dem zweiten Blatt, daß dieses Schiff, das übrigens nicht, wie Du sagtest, ›Lutetia‹ heißt, mir von Tag zu Tag besser gefällt. Eine Einteilung in Klassen, wie sie auf der ›Nettuno‹ so streng durchgeführt wurde, gibt es hier nicht. Alle Passagiere nehmen die übrigens bescheidenen Mahlzeiten gemeinsam ein. Die Filmvorführungen finden nicht in den Salons, sondern draußen, auf der sogenannten Terrasse, statt, und es ist hübsch, wie die Bewegung des Schiffes die Leinwand schwanken läßt und der Mond bald rechts, bald links von dem erleuchteten Viereck erscheint. Die Kapelle, die abends auf der Terrasse für alle Passagiere zum Tanzen aufspielt, läßt jeden Tag vor dem Mittagessen eine Stunde lang Wiener Walzer hören, wozu ebenfalls alle Passagiere sich versammeln. Getanzt wird aber um diese Tageszeit nicht. Obwohl wir schon fünf Tage unterwegs sind, ist die auf allen Schiffen übliche Einladung zum Cocktail des

Kommandanten noch nicht ergangen. Der Kommandant zeigt sich nicht, und es sind nur wenige Matrosen und so gut wie keine Offiziere zu sehen.
Du würdest lachen, lieber Bruder, stand auf dem dritten Blatt, wenn Du wüßtest, in was für eine Gesellschaft ich geraten bin, lauter Träumer und Spinner, die auf keine Frage eine vernünftige Antwort geben. Lauter Einzelgänger zudem, bis auf ein junges Paar, schöne Menschen mit langen messinggelben Haaren, die Hand in Hand ihre Deckspaziergänge machen und nur ab und zu stehenbleiben, um sich in die Augen zu sehen. An den Spielen, die der Kommissar veranstaltet, beteiligen sich die beiden nicht, während die andern Passagiere, wenn auch nachlässig und in täglich geringerer Anzahl, Tauringe werfen oder Holzscheiben in ein mit Zahlen versehenes Feld schlittern lassen.
Das vierte Blatt handelt von dem Photographen, es gibt einen hier, wie auf allen Schiffen, aber Du glaubst nicht, was für ein Nichtskönner das ist. Er hat ein schlaues Fuchsgesicht und einen weißen Spitzbart, überall schleicht er herum und stellt in Windeseile sein Dreibein zurecht. Auf seinen Photographien, jedenfalls auf denen, die er von mir gemacht hat, ist außer einem Stück Reling und einem Stück Himmel darüber aber nichts zu sehen. Solche Bilder, Schiffshintergründe ohne Personen, sind in seinem Kasten zu Dutzenden ausgestellt. Er preist sie an, sehen Sie nur die peruanischen Zwillinge, sehen Sie nur die schöne junge Chilenin, und ich gebe mir alle Mühe, drehe die Photographien, bis sie auf dem Kopf stehen, und hoffe, wie auf den alten Vexierbildern, in einer Taurolle, einem Rettungsring ein Händchen, ein spitzes Gesichtchen zu entdecken. Der Photograph wird endlich böse und nimmt mir die Bilder weg. Er hat darauf bestanden, daß ich meine Aufnahmen

bezahle, ich will sie Dir hier beilegen, sag mir, was Du darauf siehst und ob ich vielleicht im Begriff bin, den Verstand zu verlieren.
Wie Don Miguel bereits vermutet hatte, lagen die angekündigten Photographien nicht bei. Auf dem fünften Blatt, das er, verzagt nun schon, zur Hand nahm, hatte Viola wieder allerlei Erstaunliches aufgezeichnet, wie die Tatsache, daß es auf ihrem Schiff schlechthin unmöglich war, das Datum, die Uhrzeit und die Position des Schiffes festzustellen. Alle Uhren, so schrieb sie, werden unaufhörlich zurück- oder vorgestellt, auf dem Wege zum Mittagessen mag es zwölf Uhr sein, auf dem Rückweg in die Kabine aber bereits siebzehn Uhr. Ein im Salon befindlicher Kalender zeigt einmal einen lang vergangenen, dann wieder einen noch in weiter Ferne liegenden Tag. Das Fähnchen, das auf einer Karte des Ozeans unsere jeweilige Position deutlich machen soll, befindet sich zur Zeit im nördlichen Eismeer, was wohl ein Scherz des mit dem Fähnchenstecken beauftragten Offiziers ist. Das Erstaunlichste ist die Bordzeitung, die an einem Tag von Ereignissen aus dem vergangenen Jahrhundert und am nächsten von gerade stattgehabten Empfangsfeierlichkeiten auf der Venus berichtet.
Niemand, schrieb Viola auf dem sechsten Blatte, ist neugierig, niemand wundert sich, niemand fragt. Dabei ist doch vieles zum Verwundern, zum Beispiel, daß die Funkerkabine nicht besetzt ist und man keine Telegramme aufgeben kann. Ich ging heute, in der Absicht, Euch eine Nachricht zu schicken, auf den Ponte Commando, fand aber keinen Menschen, auch kein Licht in einem der Räume, nur verschiedene große Hunde streunten dort zu meinem Schrecken frei herum. Schließlich sah ich in dem nur für die Besatzung bestimmten Teil des obersten Ver-

decks doch einen Lichtschimmer und hörte aus dem erleuchteten Raum auch Stimmen dringen. Die Tür ließ sich nicht öffnen, ich blieb aber stehen und horchte, sah auch durchs Schlüsselloch Uniformknöpfe und Tressen blinken. Die Stimmen wechselten sich ab, man las oder rezitierte, und nach einer Weile verstand ich auch, was, Dantes Göttliche Komödie nämlich, und des Paradieses letzten Gesang.

Blatt Nummer sieben, sagte Don Miguel seufzend, er las hier noch laut, ja mit einer besonders kräftigen Stimme, die seine Besorgnis übertönen sollte. Ich fragte heute den Kommissar, ob wir denn den Äquator noch nicht überquert hätten, was nach der Anzahl der hier aufgezeichneten Tage längst hätte der Fall sein müssen. Der Kommissar sah mich überrascht an, antwortete aber nicht. Ich gab ihm meine Post, Ansichten des Schiffes mit Grüßen für meine Freunde und für Deine Kinder, und er steckte sie in einen großen Sack, der, wie ich annahm, in Teneriffa von Bord gehen sollte und dem ich im letzten Augenblick auch dieses kleine Tagebuch noch anzuvertrauen gedachte. Am späten Abend, als ich auf Deck spazierenging, sah ich zu meinem Entsetzen, wie ein Matrose mit eben diesem Sack an die Reling ging und seinen Inhalt ins Meer schüttete. Ich erzählte heute mehreren Leuten von dem Vorfall, der mich sehr erregte. Es schienen aber alle, die ich darauf ansprach, das Verhalten des Matrosen ganz in der Ordnung zu finden.

Zu diesem Blatt, sagte Don Miguel, gibt es noch einen Nachtrag, und schnitt damit die erstaunten und wehklagenden Zwischenrufe seiner Frau und ihrer Mutter kurzerhand ab. Ich bin später in der Nacht, las er weiter, noch einmal ins Freie gegangen und bin dadurch zum Zeugen einer nächtlichen Rettungsübung geworden. Diese Übung war nicht für die Passagiere, sondern für die Besatzung bestimmt. Es beteiligten sich an ihr aber nur eine Handvoll Matrosen, sie glich einem Angsttraum und beunruhigte mich sehr. Das große Rettungsboot nämlich, das aufs Meer heruntergelassen werden sollte, blieb stecken und war mehr als zwanzig Minuten lang nicht weiterzubewegen. Als es endlich auf dem Wasser lag, gelang es den Matrosen nicht, es vom Schiffsrumpf zu entfernen. Sie alle schienen weder des Ruderns noch des Steuerns mächtig, in ihre roten Westen gezwängt, sandten sie stumme hilfesuchende Blicke die Bordwand hinauf.

Die Schrift des achten Blattes gefiel Don Miguel nicht, sie machte seltsame Sprünge und schlich dann wieder geduckt auf den Zeilen hin. Ich habe Angst, schrieb Viola (und hier war es, daß ihr vorlesender Bruder seine Stimme zu einem Flüstern senkte). Warum spricht niemand mit mir, warum spricht überhaupt niemand mehr? Die Passagiere verschwinden in ihre Kabinen, von der Besatzung ist niemand zu sehen. Obwohl wir die Küste, zumindest die ihr vorgelagerten Inseln längst erreicht haben müßten, zeigen sich am Horizont nur schwere Gewitterwolken und niederstürzende Regenböen, zwischen denen ein kleiner feuriger Kegel allabendlich ins Wasser sinkt. Es gibt jeden Tag weniger zu essen, so als seien die Vorräte des Schiffes bald erschöpft. Ich erinnerte mich heute an den portugiesischen Dampfer, der vor einigen Jahren, in der Hand von Rebellen, auf dem Ozean umherirrte, wobei die Besatzung mit Maschinengewehren in Schach gehalten wurde und die Passagiere ebenfalls nichts mehr zu essen bekamen. Es sind aber hier keine wilden Männer mit Maschinengewehren zu sehen. Als ich heute abend auf die Terrasse kam, fand ich dort nur die Kinder, diese vielen offenbar allein reisenden Kinder, von denen ich Dir bereits berichtet habe. Mit

schrillen Schreien, die denen der Möwen in unserem lang verlassenen Hafen ähnelten, bewegten sie sich auf der dunklen Tanzfläche, liefen wie Seiltänzer über die großmaschigen Netze, mit denen in der Nacht die Schwimmbecken bedeckt werden, und kletterten auf Strickleitern in die Rettungsboote, wo sie dann, hoch aufgerichtet, winkten und auf kleinen Pfeifen gellend pfiffen.
Hier fuhr Don Miguel zusammen, weil seine eigenen Kinder anfingen zu kichern und auf ihren Fingern zu pfeifen. Schnell und mit strenger, aber leiser Stimme begann er das nächste Blatt, ich habe mir heute ein Herz gefaßt und den Kommissar gefragt, wann wir ankommen werden. Ich habe darauf eine Antwort bekommen, aber eine, die ebenfalls in einer Frage bestand. Ankommen, wo? fragte der Kommissar, und ich muß sagen, daß mich ein Schauder überlief. Ich hatte gerade zu Mittag gegessen, einen winzigen Pudding, blaß wie Mondschein, in einer roten glitzernden Sauce, und zündete mir die letzte Zigarette an. Wie ich über die kleine Flamme meines Feuerzeugs hinweg den Kommissar verwundert anstarrte, kam er mir plötzlich bekannt vor, das heißt, er erinnerte mich an jemanden, den Du auch gekannt hast, an diesen hochmütigen französischen Jungen, der mit uns in der Schule war und der auf unserer Schulreise an den Amazonas von einem Krokodil angefallen worden ist. Zugleich aber ähnelte er mit seinen vorstehenden Zähnen selbst einem Krokodil. Ich erschrak und wandte mich ab, während der Kommissar, übrigens ganz in der Art des französischen Jungen, in die Hände klatschte, um wieder einmal ein Spiel in die Wege zu leiten. Zwei Passagiere mußten sich mit in die Luft gestreckten Beinen auf Flaschen setzen und sich dort im Gleichgewicht halten, was sie, mit todernsten und verzerrten Gesichtern, eine Weile lang auch zustande brachten. Am

Ende standen sie auf und verbeugten sich voreinander, ehe der Kommissar dem einen ein seidenes Halstuch, dem andern ein winziges Modell unseres Schiffes übergab.
Und nun das zehnte Blatt, das mit den Worten »lieber Bruder« begann. Lieber Bruder, schrieb Viola, ich versuche mir vorzustellen, was Du in meiner Lage tätest, zu den Offizieren gehen, aber sie schließen sich ein und lesen die »Göttliche Komödie«, Dich mit den anderen Passagieren beraten, aber was ich sage, interessiert sie nicht. Wie im Halbschlaf liegen sie auf ihren Deckstühlen, vielleicht geschwächt durch die mangelhafte Ernährung, vielleicht durch Seekrankheitsmittel in eine Art von Betäubung versetzt. Da sich zu keinem der üblichen Spiele mehr jemand meldet, schiebt der Kommissar die weißen Holzpferdchen allein über die Planken und ruft mit seiner hellen Kommandostimme die Bingozahlen aus. Auch ich liege auf dem Deckstuhl, träge, unbeweglich, während vor meinen Blikken phantastische Wolkenlandschaften sich auftürmen und wieder vergehen. Und während ich in den ersten Tagen noch Vergleiche gezogen habe, da, ein Mann mit einem Sack auf dem Rücken, da, ein Rudel galoppierender Pferde, sehe ich jetzt nur noch Formen und Farben, eine ewige Weltschöpfung aus Licht und Finsternis und einen langsamen Übergang in die kalte, kristallene Reinheit der Nacht.
Don Miguel legte das zehnte Blatt beiseite und überflog das elfte, ja er überflog es nur, es war schon eines der letzten und es war auf ihm ärgerlicherweise wieder die Rede von Sonnenkegeln, die ins Meer sinken, von smaragdgrünen Lichtbahnen und bestimmten, rasch heraufziehenden Sternbildern – zu Don Miguels Beunruhigung waren die letzteren immer dieselben, die der südlichen Hemisphäre, die auch die Sternbilder ihrer beider Kindheit gewesen

waren. Es kann doch nicht sein, dachte Don Miguel, daß dieses verfluchte Schiff sich die ganze Zeit nicht von der Stelle gerührt hat. Es konnte schon deswegen nicht sein, weil der Brief, der nur in Teneriffa aufgegeben worden sein konnte, bald zu Ende war. Viola in ihrem verwirrten Zustand mußte nicht recht hingesehen haben. Sie schrieb am Ende des elften Blattes noch etwas Persönliches, nämlich, ich zähle die Bogen nicht mehr, an wen schreibe ich eigentlich, und wer bin ich, ich weiß es und weiß es auch wieder nicht. Es sind jetzt zwei Tage, daß ich mit niemandem ein Wort gesprochen habe, es ist auch niemand zu sehen als die auf den Deckstühlen liegenden verhüllten Gestalten, dicke Kokons, die vielleicht eines Tages in sich zusammensinken, da sind dann die Schmetterlinge schon ausgekrochen, schöne Falter, die noch einen Augenblick auf den Armlehnen zitternd verweilen. Ich würde dieses Auskriechen und Fortfliegen gerne mit ansehen, aber ich bin müde, es gelingt mir oft nicht, meine Lider zu heben. Nur das Paar höre ich noch an mir vorbeigehen, mit leichten gleichmäßigen Hand-in-Hand-Schritten, nur die Kinder höre ich noch auf ihren grellen Pfeifchen flöten und schreien. Ich habe keinen Hunger mehr, und soviel ich weiß, wird im Speisesaal auch nicht mehr serviert. Jedenfalls gongt es weder mittags noch abends, es werden keine Zeitungen mehr durch die Türritze geschoben und alle Uhren stehen still.

Don Miguel, der, wie gesagt, kopfschüttelnd und ungeduldig dieses Blatt nur überflogen hatte, atmete auf, als er das nächste zu Gesicht bekam. Ich stehe wieder auf, Miguel, hieß es da, ich gehe wieder umher. Ich ertappe mich dabei, wie ich dem jungen Paar nachschleiche oder ihm zu begegnen versuche, eines Tages, meine ich, müssen die beiden vor mir stehen bleiben und mich raten lassen, wer

von ihnen der Mond und wer die Sonne (oder das Eichhörnchen und die Eichel, oder der Kolibri und der Ara) ist. Wenn ich es errate, geht eines von ihnen mit mir weiter, einmal um das ganze Schiff herum. Ich spüre eine Hand in meiner, ich bin nicht mehr allein. Auch auf andere Weise versuche ich mich aus meiner Lethargie zu reißen. Zum Beispiel, indem ich mir Eure Wohnung oder meine Wohnung in Zürich, Euch, meinen Mann oder meine Freunde genau vorstelle. Eben habe ich zu diesem Zweck meine Kabine aufgesucht, schließlich führe ich in meinem Gepäck eine Menge von persönlichen Dingen, auch Photographien und Briefe mit mir. Zu meiner Überraschung standen auf meinem Korridor alle Kabinentüren offen, die Betten waren frisch überzogen, auf den offenen und leeren Schränken lagen ordentlich zusammengefaltet die roten Rettungswesten, es waren nirgends Gepäckstücke zu sehen. Auch meine Kabine war leer, im Waschraum keine Seife, keine Fläschchen, und kein Morgenrock hing an der Tür. Auf mein Läuten hin kam niemand, ich dachte, man habe meine Sachen in eine andere Kabine gebracht, und durchstreifte nicht nur die naheliegenden, sondern auch die ein Stockwerk höher und ein Stockwerk tiefer befindlichen Korridore, es bot sich mir aber überall das gleiche Bild.
Sie ist wahnsinnig geworden, murmelte Don Miguel und wischte sich den Schweiß von der Stirn. Seine Frau warf kleine Eisstücke in ein hohes Glas und schob ihm die grünliche Flüssigkeit hin. Was ist, fragte sie schüchtern, und ihre Mutter und die Kinder, Schatten nun schon auf der nachtdunklen Terrasse, wisperten ebenfalls, was ist, und beugten sich ihm zu. Wartet noch, sagte Don Miguel heiser und griff nach dem vorletzten Bogen, auf dem gleich zu Anfang die rätselhaften Worte »sie sehen uns nicht« standen.

Sie, das waren, wie sich herausstellte, die von Viola beobachteten, vorüberfahrenden Schiffe –, wie man weiß, gibt es auf dem Ozean bestimmte Routen, die streng eingehalten werden, und eine Begegnung auf der riesigen Wasserfläche ist so selten nicht. Die in einiger Entfernung aneinander vorbeigleitenden Dampfer grüßen sich, durch Flaggenzeichen, aber auch mit dem Nebelhorn, Viola hatte dieses dreimalige Tuten von früheren Reisen noch gut in Erinnerung. Heute, schrieb sie, ist die ›Augustus‹ in unmittelbarer Nähe vorbeigekommen. Unser Schiff hat dreimal denselben mächtigen Ton von sich gegeben, aber auf der ›Augustus‹ haben sie offenbar weder etwas gehört noch uns gesehen. Am Abend sind wir durch eine ganze Flottille von Fischdampfern hindurchgefahren, auf denen man uns, obwohl das Wetter völlig klar war, auch nicht bemerkt hat, und die wie durch ein Wunder einem Zusammenstoß entgangen sind. Ich habe mich, meiner großen Müdigkeit zum Trotz, an die Reling geschleppt und habe versucht, durch Winken und Schreien die Leute auf uns aufmerksam zu machen. Plötzlich hat mich jemand bei den Schultern gepackt, mich zurückgezogen und mir den Mund zugehalten. Zuerst habe ich geglaubt, es sei der französische Junge, der mich auf jener Reise an den Amazonas, auf der er dann umkam, einmal geküßt und mir, als ich schreien wollte, den Mund zugehalten hat. Es war aber der Kommissar. Sehen Sie denn nicht, sagte er ärgerlich, und ich beobachtete staunend, wie gerade dort, wo ich gestanden hatte, ein Stück der Bordwand abbrach und lautlos in der Tiefe verschwand.
Das vierzehnte und letzte Blatt, das Don Miguel zitternd entfaltete, enthielt so präzise Schilderungen nicht mehr. Er, Don Miguel, war da wieder angesprochen, lieber Bruder, laß gut sein, vielleicht habe ich es so gewollt. Ich denke

an unsere Kinderspiele, bestanden sie nicht in einem unaufhörlichen: Dies ist das und dies ist jenes, war nicht jeder Gegenstand in unseren Augen ein völlig anderer und hatte einen anderen geheimen Sinn? Ich habe einmal gehört, daß Menschen in der Nähe des Todes dasselbe erleben, ein Pandämonium von stellvertretenden Dingen, das mit der Vernunft nicht mehr in Ordnung zu bringen ist. Fahren und nicht ankommen, immer rund um den Horizont, keine Inseln, keine Küste, kein Hafen, kein Licht. Ich will Dir aber noch Nachricht geben und natürlich nicht, indem ich meinen Brief in den Postsack werfe, weil die Post aus dem Postsack jede Nacht ins Meer geschüttet wird. In meinem Köfferchen, das ich schon früher immer mit auf den Liegestuhl nahm, habe ich einen kleinen Plastikbeutel, in den will ich den Brief stecken. Sobald wir wieder in die Nähe von Fischkuttern kommen, werfe ich den Beutel, den ich mit meiner Puderdose beschwere, über Bord. Du weißt, daß ich schon als Kind gut werfen und zielen konnte, besser als ein Mädchen das für gewöhnlich kann. Ich werfe, und die Männer, die mich und unser Schiff nicht sehen, fangen ihn und schütteln erstaunt den Kopf. Danach werde ich mich wieder auf meinen Liegestuhl legen und mich in meine Decke einwickeln, eine Decke von zu Hause, eine weiche, indianische mit langen Fransen, blau und grün und rot. Ich werde die Augen nicht mehr aufmachen und weder die Schritte der Liebenden noch das Pfeifen der Kinder hören. Das einzige Geräusch, das ich noch vernehmen werde, wird das stoßweise und mächtige Rauschen der Bugwelle sein.

Nachdem Don Miguel diese letzten Worte gelesen hatte, fuhr er auf und wollte etwas tun, er wußte aber nicht, wohin und was. Seine Frau legte ihm die Hand auf den Arm, und die Augen seiner Kinder, die ihn anstarrten, funkelten wie die Augen der Katze, die um die Stuhlbeine schlich. Viola ist nicht angekommen, sagte er traurig –, Viola kommt nicht zurück. Es war jetzt völlig dunkel und am Horizont zeigten sich die Sterne, nach denen sich, mit Hilfe des Sextanten, die Schiffe auf ihren großen Fahrten richten. Auf dem kleinen Stückchen Strand, das man von der Terrasse aus sehen konnte, wurde, wie jeden Abend, eine in den Sand gesteckte Kerze angezündet, eine jener Kerzen, mit deren Licht man die Seelen der Ertrunkenen der Meeresjungfrau empfiehlt. Friede ihrer Seele, murmelten die Frauen und plapperten die Kinder, und alle zeichneten auf ihrer Brust das Kreuz nach, das groß und funkelnd und von vielen Milchstraßen umflossen ihnen zu Häupten stand.

Quellennachweise

»Das dicke Kind«, »Adam und Eva«, »Märzwind«, »Der Bergrutsch«
Aus: *Erzählungen.* Krefeld 1952. Mit freundlicher Genehmigung des Scherpe Verlags

»Das ewige Licht«, »Popp und Mingel«, »Schneeschmelze«, »Die späten Abenteuer«
Aus: *Lange Schatten. Erzählungen.* Hamburg 1960. Mit freundlicher Genehmigung des Claassen Verlags

Marie Luise Kaschnitz

Gesammelte Werke
in sieben Bänden

Herausgegeben von Christian Büttrich
und Norbert Miller

Band 1
Die frühe Prosa. 1981

Band 2
Die autobiographische Prosa I. 1981

Band 3
Die autobiographische Prosa II. 1982

Band 4
Die Erzählungen. 1983

Band 5
Die Gedichte. 1985

Band 6
Die Hörspiele. Die biographischen Studien. 1987

Band 7
Die essayistische Prosa
(In Vorbereitung)

Weißes Programm: Im Jahrhundert der Frau

Ingeborg Bachmann
Malina
Roman

Djuna Barnes
Nachtgewächs
Roman

Tania Blixen
Ehrengard

Rosario Castellanos
Die Neun Wächter
Roman

Colette
Diese Freuden

Catherine Colomb
Das Spiel der Erinnerung
Roman

Ding Ling
Das Tagebuch der Sophia

Marguerite Duras
Heiße Küste
Roman

Marieluise Fleißer
Eine Zierde für den Verein
Roman vom Rauchen, Sporteln,
Lieben und Verkaufen

Natalia Ginzburg
Caro Michele
Der Roman einer Familie

Lillian Hellman
Eine unfertige Frau
Ein Leben zwischen Dramen

Weißes Programm: Im Jahrhundert der Frau

Ricarda Huch
Die Geschichten von Garibaldi

Marie Luise Kaschnitz
Eisbären
Ausgewählte Erzählungen

Gertrud von le Fort
Die Magdeburgische Hochzeit

Clarice Lispector
Nahe dem wilden Herzen
Roman

Elsa Morante
Lüge und Zauberei
Roman

Grace Paley
Adieu und viel Glück
Geschichten

Sylvia Plath
Die Glasglocke
Roman

Mercè Rodoreda
Auf der Plaça del Diamant
Roman

Monique Saint-Hélier
Morsches Holz
Roman

Rahel Sanzara
Das verlorene Kind
Roman

Gertrude Stein
Ida
Ein Roman

Weißes Programm: Im Jahrhundert der Frau

Deutsche Gedichte
Von Hildegard von Bingen bis Ingeborg Bachmann
Herausgegeben von Elisabeth Borchers

Deutsche Essays
Herausgegeben von Marlis Gerhardt

Deutsche Briefe
Von Liselotte von der Pfalz bis Rosa Luxemburg
Herausgegeben von Claudia Schmölders

Spectaculum
Mit einem Nachwort von Anke Roeder

Im Jahrhundert der Frau
Ein Lesebuch
Herausgegeben von
Elisabeth Borchers, Hans-Ulrich Müller-Schwefe
und Rainer Weiss